Collection dirigée
par Hélène Potelet et ~~Georg~~

L'épopée de Gilgamesh

adapté par Jacques Cassabois

L'amitié
Homère, La Fontaine, Saint-Exupéry, Pennac, Rowling

Et un dossier Histoire des arts
La civilisation mésopotamienne à travers les arts

© Hatier
Paris 2015
ISBN 978-2-218-99147-9
ISSN 01840851

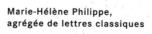

Marie-Hélène Philippe,
agrégée de lettres classiques

SOMMAIRE

L'AIR DU TEMPS   4

LES REPÈRES CLÉS   6

L'épopée de Gilgamesh

EXTRAIT 1   « Voilà le domaine dont Gilgamesh est le maître. »   12

EXTRAIT 2   « J'ai trouvé mon semblable ! »   21

EXTRAIT 3   « C'est Houmbaba le monstre. »   37

EXTRAIT 4   « Le Taureau Céleste arrive à Ourouk ! »   49

EXTRAIT 5   « Je ne t'oublierai pas, Enkidou »   62

EXTRAIT 6   « J'ai décidé d'aller chercher la vie-sans-fin. »   76

EXTRAIT 7   « Voilà comment tu deviendras immortel ! »   90

EXTRAIT 8   « Accepte ta vie, dès cet instant »   110

CARNET DE LECTURE

QUESTIONS SUR...

L'EXTRAIT 1	18	L'EXTRAIT 4	58	L'EXTRAIT 7	103
L'EXTRAIT 2	34	L'EXTRAIT 5	72	L'EXTRAIT 8	120
L'EXTRAIT 3	46	L'EXTRAIT 6	87		

BILAN DE LECTURE

L'atelier jeu   123

GROUPEMENT DE TEXTES : L'AMITIÉ

Saint-Exupéry	*Le Petit Prince*	127
J.K. Rowling	*Harry Potter à l'école des sorciers*	134
La Fontaine	« Les Deux Amis »	138
Homère	*L'Iliade*	141

DOSSIER HISTOIRE DES ARTS :
LA CIVILISATION MÉSOPOTAMIENNE À TRAVERS LES ARTS

REPÈRES

▶ Les sculptures monumentales des palais assyriens 146
▶ Les stèles et bas-reliefs 146
▶ Les œuvres en brique vernissée 147
▶ Les tablettes et l'écriture cunéiforme 147
▶ Les sceaux-cylindres 148
▶ Les statuettes 148
▶ Les illustrations modernes 149
▶ La bande-dessinée 149

QUESTIONS

▶ Héros dompteur de lion, gardien de porte 150
▶ Porte d'Ishtar 151
▶ *Gilgamesh trouve l'Herbe de Vie*, Zabel C. Boyajian 152
▶ Vignette de BD 153
▶ Gilgamesh entre deux demi-dieux supportant
le disque solaire 154
▶ Tablette, sceau-cylindre et figurine 155

INDEX DES RUBRIQUES 157

Le contexte historique

- ► Vers 3700 av. J.-C. naissent les premières villes (> voir carte p. 7) dans le sud de la Mésopotamie (pays de Sumer). Les plus influentes forment des cités-États, regroupant des terres agricoles et des villages, et gouvernées par un roi.
- ► Elles prospèrent grâce à l'invention de la technique de l'irrigation (le creusement de voies d'eau artificielles) qui favorise le développement de l'agriculture et de l'élevage.
- ► Mais les cités-États sont souvent en guerre car elles cherchent à agrandir leur territoire et à contrôler les grands axes du commerce.
- ► Vers 2650 av. J.-C., le roi semi-légendaire Gilgamesh règne sur la ville d'Ourouk.

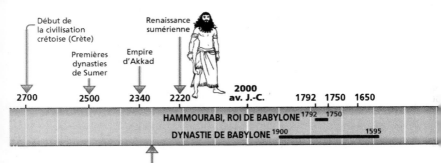

4

Le contexte culturel

▶ Les Mésopotamiens étaient polythéistes : ils adoraient plusieurs dieux qu'ils imaginaient sous forme humaine.

▶ Vers 3000 av. J.-C., apparaît l'écriture cunéiforme (signes en forme de coins ou de clous).

▶ De 2300 à 1200 av. J.-C. ont été élaborés les récits retraçant les exploits de Gilgamesh. Les textes, en écriture cunéiforme, ont été gravés sur des tablettes d'argile en langue sumérienne (Mésopotamie du sud) puis akkadienne (Mésopotamie du nord).

▶ Les premiers artistes consacrent leurs talents à l'architecture (construction de temples et de palais), à la statuaire (sculptures de divinités, taureaux ailés...), à la gravure de sceaux-cylindres, aux bas-reliefs et aux plaques émaillées.

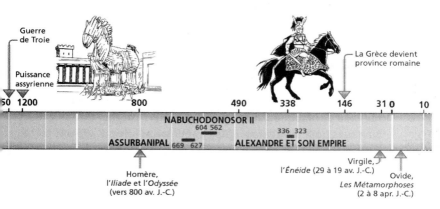

Guerre de Troie

Puissance assyrienne

La Grèce devient province romaine

50 1200   800   490   338   146   31 0   10

NABUCHODONOSOR II 604 562

ASSURBANIPAL 669 627   ALEXANDRE ET SON EMPIRE 336 323

Homère, l'*Iliade* et l'*Odyssée* (vers 800 av. J.-C.)

Virgile, l'*Énéide* (29 à 19 av. J.-C.)

Ovide, *Les Métamorphoses* (2 à 8 apr. J.-C.)

L'épopée de Gilgamesh

La première épopée du monde : histoire du texte

► L'*Épopée de Gilgamesh* (prononcer «Guil»gamesh) est **la plus ancienne légende écrite** que nous possédions. Elle se présente sous forme d'un long poème qui raconte en 3 000 vers environ, l'histoire de Gilgamesh, roi légendaire d'Ourouk, ancienne capitale de la région de Sumer, au sud de la Mésopotamie (actuel Irak).

► L'épopée s'est d'abord transmise à l'oral puis elle a été mise par écrit, en écriture cunéiforme, sur douze tablettes d'argile. Sur chacune des tablettes figurait un épisode de la vie du héros. Vers 1200 avant Jésus-Christ, un scribe rassembla tous les épisodes pour former un récit suivi. Ce n'est qu'en 1872 que les tablettes nous sont parvenues et ont pu être déchiffrées. Un certain nombre d'entre elles étaient endommagées mais, malgré les vers manquants, on a pu reconstituer **le récit des exploits du roi Gilgamesh** qui a combattu avec son ami Enkidou le monstre Houmbaba et le Taureau Céleste, puis recherché le secret de l'immortalité. Au cours d'un périple à travers le monde, il rencontre enfin le sage Outa-napishti, seul survivant du déluge, qui lui raconte comment il a réchappé de la catastrophe et comment il est devenu immortel.

Une adaptation moderne

► De nombreuses traductions du texte ont été réalisées dans toutes les langues. Le texte que vous allez lire est une **adaptation réalisée par Jacques Cassabois** (né en 1947), auteur de nombreux ouvrages pour les adolescents et pour les adultes. Il a mis le texte à la portée de tous et en a respecté la poésie et l'esprit.

Le personnage de Gilgamesh

▶ Gilgamesh aurait existé : il est mentionné comme roi d'Ourouk vers 2600 avant Jésus-Christ. On lui attribuait une **origine divine** et on le vénérait comme un dieu : sa mère était la déesse Ninsuna, qui régnait sur les buffles. Grand chef militaire de la puissante cité, Gilgamesh apparaît, bien avant l'écriture de l'épopée, comme **un roi très puissant** : c'est lui qui aurait fait bâtir les murailles d'Ourouk.

▶ On le voit représenté sur de nombreux bas-reliefs, sculptures ou sceaux cylindres sous les traits d'un géant barbu qui combat les lions, les taureaux et autres monstres.

La Mésopotamie, berceau de la civilisation

▶ Les aventures de Gilgamesh se déroulent en **Mésopotamie** (dont le nom signifie en grec « pays entre deux fleuves »), une région **située entre le Tigre et l'Euphrate.**

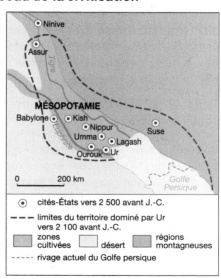

> ⊙ cités-États vers 2 500 avant J.-C.
>
> - - - limites du territoire dominé par Ur
>   vers 2 100 avant J.-C.
>
> [zones cultivées] [désert] [régions montagneuses]
>
> ----- rivage actuel du Golfe persique

► La terre de ce pays, composée d'argile, est très riche près des fleuves, mais ailleurs, c'est la steppe et le désert. La **technique de l'irrigation**, pratiquée dès 6000 av. J.-C., a permis le développement de l'agriculture céréalière (orge, épeautre) et de l'élevage. Le pays ne possède en revanche ni pierre, ni minerai, ni bois. Pour se fournir en bois, il fallait recourir au commerce ou au pillage des forêts lors d'opérations militaires. L'expédition de Gilgamesh dans la Forêt des Cèdres, renvoie sans doute aux expéditions qu'il fallait mener pour se procurer le bois précieux.

► La Mésopotamie fut très tôt le **foyer d'une brillante civilisation**, qui naît de la rencontre et de l'union **des Akkadiens** (région de Babylone au nord) et des **Sumériens** (région d'Ourouk au sud). Vers 3300 avant J.-C., eut lieu une **véritable révolution pour l'humanité** : alors que se constituent les premières villes, la multiplication des échanges commerciaux favorisa **l'invention de l'écriture.** Composée de signes en forme de clous (d'où son nom d'écriture **cunéiforme**), elle est tracée avec un calame (roseau) sur des tablettes d'argile.

► Les monuments, étaient construits en briques d'argile le plus souvent séchées au soleil, si bien qu'ils se décomposèrent et ont laissé peu de ruines. La Mésopotamie est aussi le pays où ont été inventés le savon et la bière (vers 4500 avant J.-C.). Le savon est composé de graisses et de cendres végétales ; la bière était fabriquée par cuisson de galettes à base d'épeautre et d'orge que l'on mettait à tremper dans de l'eau et que l'on aromatisait de miel ou de cannelle.

Un récit fondateur

► Le récit de Gilgamesh a eu une grande portée dans tout le Proche-Orient, puis en Occident. **L'épisode biblique du Déluge** présente bien des ressemblances avec le déluge vécu et raconté par Outa-napishti, seul survivant de la catastrophe, dans l'épopée de Gilgamesh.

▶ De même, certains thèmes ou personnages de la mythologie grecque (influence des dieux sur le destin des héros, amitié entre Achille et Patrocle, exploits d'Hercule) renvoient à Gilgamesh.

▶ L'épopée de Gilgamesh traite de **questions fondamentales** concernant l'existence humaine : la vie et la mort, l'amitié et, surtout, la question de l'immortalité. Elle enseigne une grande **leçon de sagesse** : l'homme n'est pas éternel, ainsi en ont décidé les dieux ; aussi ne faut-il pas trop penser à la mort, mais **vivre pleinement sa vie d'humain** et accomplir des **actions** dont la postérité **pourra se souvenir.**

Les dieux de Mésopotamie

▶ Les peuples de Mésopotamie adorent un grand nombre de dieux. Bien qu'immortels, ces dieux vivent comme des humains ; ils ont créé les hommes pour travailler à leur place. Presque tous représentent des **forces de la nature.**

– **Arourou** est la déesse mère qui a créé les hommes.

– **Anou** est le dieu du ciel.

– **Enlil,** fils d'Anou, est le dieu du vent.

– **Adad,** dieu de l'orage, brandit la foudre.

– **Éa**, le maître des eaux douces, est l'ami des hommes.

▶ Dans les cieux, siègent **les grands astres** :

– **Sin** est la déesse de la lune.

– **Shamash,** le dieu du soleil, illumine la Terre par les rayons qui sortent de ses épaules.

– **Ishtar** est la déesse de l'amour et de la guerre.

▶ Après les grands dieux venaient une multitude **de divinités secondaires,** tantôt bienfaisantes comme les génies, ou malfaisantes comme les démons. Les **génies** les plus répandus étaient **les taureaux ailés** à tête d'homme que l'on sculptait aux portes des demeures pour en protéger l'accès. **Les démons** étaient représentés sous les traits de monstres aux faces grimaçantes et horribles.

Le monde selon les Mésopotamiens

► Les Mésopotamiens imaginaient la terre comme **une vaste plate-forme** entourée de chaque côté par les mers (p. 80, l. 62-63). La Terre est recouverte par **le Ciel** ; sous la terre, un espace souterrain constitue une sorte d'**enfer** (p. 66, l. 93-105). Le Soleil effectue sa course, la nuit, dans cet espace souterrain, avant d'émerger à l'aube pour parcourir le ciel (p. 65, l. 90).

► Le monde est fermé à ses extrémités par de hautes montagnes qui soutiennent le ciel. C'est au pied de ces montagnes, à l'est, que réside **Outa-napishti**, le seul homme immortel.

L'épopée de Gilgamesh

Tablette relatant un épisode de l'Épopée de Gilgamesh. Londres, British Museum.

« Voilà le domaine dont Gilgamesh est le maître. »

Chapitre 1

[...] Gilgamesh, donc, règne sur une ville de Mésopotamie : Ourouk. Une capitale puissante, redoutée de ses voisins et protégée par un rempart de briques hérissé de neuf cents tours. Une capitale fertile : mille hectares
5 de jardins, de vergers, d'enclos pour le bétail, petit et gros, d'étangs poissonneux, de temples et de palais, de quartiers résidentiels pour les puissants, de quartiers populeux où la vie déborde dans les ruelles, d'ateliers où le four du potier n'a jamais le temps de refroidir, où
10 l'osier n'est jamais inerte entre les mains du vannier[1], et la forge toujours incandescente pour fondre le bronze, couler les armes et les outils. Une capitale bruissante. Le grand fleuve Euphrate, après son périple depuis les neiges d'Arménie, s'y apaise avant d'épouser la mer. Et ses eaux,
15 poussées par la rame tranquille des bateliers aux barques de roseaux, font partout chanter ce jardin de la création.

Voilà le domaine dont Gilgamesh est le maître. Il le gère, le dirige à sa guise, le plie à sa volonté et ne rend compte de ses actes qu'aux dieux, les véritables propriétaires. Ils
20 sont deux à se partager la vie et à la protéger. Anou, le plus

---

1. **Vannier :** artisan qui réalise des objets en bois d'osier (paniers, fauteuils...).

grand de tous, et Ishtar, la Dame-du-Ciel, qui règne sur l'amour et aussi sur la guerre.

Pourtant, malgré cette protection, Ourouk ne connaît pas la paix car Gilgamesh ne lui laisse aucun répit. Il
25 se conduit avec son peuple comme avec ses ennemis : brutal, autoritaire, violent. Le pays est à lui, avec tout ce qu'il contient : les terres et leurs fruits, les bêtes et leurs petits, les hommes, les femmes, les enfants. Il y puise à volonté, comme en un silo[2], selon ses désirs, ses caprices.
30 Sa main est lourde et ses appétits dévorants. Il reprend les terres qu'il a données en récompense, crée sans cesse de nouvelles taxes, impose des corvées, diminue les salaires journaliers, payés en orge, en dattes, en huile de sésame... Et lorsqu'il quitte son palais, ses descentes en ville sont
35 redoutées. Il débarque dans les quartiers avec ses courtisans braillards[3] – des voyous –, provoque des querelles pour le plaisir d'étaler sa force et de casser. On suit sa trace aux échoppes[4] sens dessus dessous, aux maisons éventrées, aux terrasses écroulées, aux cris, aux larmes, aux
40 lamentations.

« Pauvres de nous ! Qui nous débarrassera de lui ?

– Il a besoin d'une leçon !

– Qui en viendra à bout ? »

Mais personne pour oser l'affronter. Il le sait !
45 Pourtant, son arrogance[5] et ses excès ne seraient rien s'il ne s'en prenait qu'aux biens. Il y a pire : les jeunes gens,

---

2. Silo : grand réservoir où l'on entrepose les grains de blé ou d'autres céréales.
3. Braillards : personnes qui crient fort, de façon désagréable.
4. Échoppes : petites boutiques.
5. Arrogance : insolence méprisante.

qu'il enrôle dans sa troupe, pour guerroyer au loin, changés en fauves cruels, en barbares ; et les jeunes filles, qu'il couche dans son lit, pour son plaisir.

50 Alors, partout, dans les foyers où des jeunes ont déjà été abîmés, dans les foyers où la menace n'est pas encore tombée, les pères ruminent leur colère, les mères ravalent leur chagrin, et chacun, prenant les statues des ancêtres à témoin, appelle les dieux à l'aide, car il n'y a de recours 55 qu'en eux.

Les dieux sont en effet les créateurs du monde : ils ont tiré de la Mer la première motte d'argile, dont ils ont façonné le monde. Ils ont mêlé leur sang à la boue et touillé ce mélange pour donner naissance à l'humanité. 60 Ils ont doté les hommes[6] d'un esprit, pour les protéger de l'oubli. Puis ils leur ont remis la houe[7], le couffin[8], le moule à briques, pour qu'ils fassent pousser les plantes et construisent le pays. Ils sont immenses et tout-puissants. Et même si Gilgamesh est leur préféré, ils ne peuvent ni 65 rester sourds aux prières, ni demeurer insensibles aux offrandes qui, de toute la ville, s'élèvent vers leur résidence du Ciel.

Cela n'impressionne pas Gilgamesh. Il entend les dévotions[9] et voit monter les fumées des sacrifices. Il sent le 70 fumet des viandes grillées – moutons, béliers – et l'odeur du sang répandu sur les autels. Il rit. Il s'esclaffe[10]. Tant

---

6. **Ils ont doté les hommes :** ils ont donné aux hommes.
7. **Houe :** pioche dont on se sert pour remuer la terre.
8. **Couffin :** panier.
9. **Dévotions :** prières.
10. **S'esclaffe :** éclate de rire.

de murmures contre lui, marmonnés par tous les silencieux-du-pays et pas un seul qui ait le courage de se dresser devant lui pour dire ses reproches à voix haute !

75 « Vous perdez votre temps ! Les dieux ne vous écouteront
pas, ils sont de mon côté. Je leur ressemble. Je suis fier
comme eux, orgueilleux, et j'ai déjà un pied dans le Ciel,
car ma mère, Ninsouna, est la déesse du gros bétail. Et
moi, son fils, je suis le Buffle d'Ourouk ! »

80 Sur la terrasse de son palais, Gilgamesh hurle ses
sarcasmes[11] sur sa ville et ses cris parviennent aux portes
du Ciel, mêlés aux prières de son peuple dont la clameur
recouvre l'horizon comme un manteau.

Les dieux entendent et voient. Ils se penchent sur la
85 Terre. Ils écoutent avec attention, regardent et réflé-
chissent. Ils sont embarrassés.

Bien sûr, Gilgamesh est leur favori, c'est un demi-
dieu, mais pour le satisfaire, peuvent-ils courir le risque
de mécontenter tous les hommes ? Qu'ils viennent à se
90 mettre en grève, les gens à la tête noire, brûler leurs outils
comme jadis les dieux ouvriers, au tout début des temps !
Qui entretiendrait le domaine ? Plus personne pour
curer[12] les canaux, pour manœuvrer les chadoufs[13]...
L'orge blêmirait[14] dans son sillon, l'herbe des prairies
95 jaunirait, la plaine se couvrirait de salpêtre[15] et le pays
tout entier serait grillé par le vent.

---

11. **Sarcasmes :** moqueries méchantes.
12. **Curer :** nettoyer.
13. **Chadouf :** appareil à bascule servant à puiser l'eau.
14. **Blêmirait :** blanchirait.
15. **Salpêtre :** moisissure.

Alors, inquiets, les dieux battent le tambour de l'Assemblée, se tournent vers Anou, leur père à tous, et le prennent à partie.

100 « C'est toi qui as voulu Gilgamesh tel qu'il est, impétueux[16], dévastateur, à la toison d'orgueil épaisse comme la crinière du lion. Écoute gémir ceux qu'il persécute. Leurs plaintes s'élèvent comme une nuée, noire de poix[17].

– De tous les hommes qui sont passés par le moule d'Arou105 rou[18] la Grande Mère, répond Anou, il est le mieux pétri, le mieux cuit, et je ne ferai rien qui puisse l'endommager.

– Il ne s'agit pas de l'endommager ! Le contenir tout au plus, le freiner. Lui montrer que nous surveillons le monde d'En-bas, que rien ne nous en échappe et que c'est 110 nous qui écrivons la tablette de son destin !

– Cela redonnera espoir aux hommes. Faute de quoi, ils cesseront de croire en nous... »

Anou écoute ses collègues argumenter. Son regard bleu de lapis-lazuli[19] les fixe avec intensité. Il joue avec les 115 boucles de sa barbe frisée. Seul, dans sa splendeur magnifique, il cherche une solution, puis il se tourne vers Éa, l'ingénieur des dieux, le grand inventeur, et laisse tomber un mot :

« Rival ! »

120 Éa voit aussitôt comment transformer l'idée d'Anou en plan d'action. Il se lève, s'approche d'Arourou la Grande,

---

16. Impétueux : vif.
17. Poix : matière noire et gluante qui s'obtient en brûlant de la résine.
18. Arourou : dans la civilisation mésopotamienne, Arourou, la grande déesse-mère, a créé les hommes avec Éa.
19. Lapis-lazuli : pierre ornementale d'un bleu intense, dont l'utilisation remonte aux civilisations antiques.

s'accroupit devant elle et pose ses deux mains sur son vieux ventre plat.

« Mère Sublime de tous les prototypes[20], ton moule est-il
125 encore assez gras ? lui demande-t-il. Peut-il encore enfanter la vie ? »

Arourou la Vénérable sourit. Ses yeux brillent à l'idée d'une nouvelle aventure.

« Avec ton concours, Éa, je suis capable de tout !... »
130 Alors, ils quittent l'Assemblée des dieux où le tambour a recommencé de battre, puis descendent sur la terre et disparaissent dans la steppe[21].

---

20. **Prototypes :** premiers hommes créés.
21. **Steppe :** plaine des régions sèches, couverte d'herbes.

QUESTIONS SUR LE TEXTE 1

AI-JE BIEN LU ?

1 **a.** Sur quelle ville Gilgamesh règne-t-il ?

b. Dans quel pays cette ville est-elle située ? Par quel fleuve est-elle arrosée ?

2 Comment Gilgamesh se comporte-t-il avec ses sujets ?

3 Quelle décision les dieux prennent-ils à son égard ?

J'ANALYSE LE TEXTE

La ville d'Ourouk

4 **a.** Relevez les trois adjectifs qui caractérisent la ville (l. 1-14).

b. Par quelle construction la ville est-elle protégée ?

> L'**énumération** consiste à énoncer une série de termes. Elle crée un effet d'abondance.

5 À partir de l'énumération, faites la liste des différents éléments que l'on trouve dans la ville (l. 1-12) (végétation, faune, métiers).

Le personnage de Gilgamesh

6 **a.** Relevez les adjectifs qui caractérisent Gilgamesh (l. 23-28 et l. 100-102).

b. Gilgamesh craint-il ou non les dieux ? Pourquoi ?

c. À quel animal s'assimile-t-il (l. 78-79) ? À quel autre animal les dieux le comparent-ils ?

L'écriture épique : la présence des dieux

> Dans l'épopée, on trouve des éléments merveilleux, c'est-à-dire que l'on ne peut rencontrer dans la réalité. On voit par exemple les dieux intervenir dans la vie des humains.

7 **a.** Quels sont les différents dieux cités dans le texte ? Quel rôle ont-ils dans la vie des hommes (l. 17-22 et 107-110) ?

b. Quelle déesse crée les hommes ? De quelle façon (l. 56-61 et 104-106) ?

8 De qui Gilgamesh est-il le fils ? Pourquoi les dieux sont-ils embarrassés par son comportement ?

Je formule mes impressions

9 Quelle première image avez-vous du personnage de Gilga-mesh ? Comment selon vous réagira-t-il face à un rival ?

J'ÉTUDIE LA LANGUE

Vocabulaire : autour du mot « Mésopotamie »

En grec, *mesos* signifie « au milieu » ; *potamos* signifie « fleuve ».

10 **a.** Pourquoi la Mésopotamie est-elle appelée *le Pays-entre-les fleuves* ?

b. Cherchez le sens étymologique du mot « hippopotame ».

Vocabulaire : les suffixes des métiers

Un **suffixe** est un élément placé après le radical.
Ex : *potier*. Le suffixe -ier sert à créer des noms de métiers.

11 Trouvez deux noms de métiers formés à partir de chacun des suffixes suivants : -ier ; -eur ; -iste ; -ien ; -er.

QUESTIONS SUR LE TEXTE 1

Décrire une ville

....

12 Décrivez en quelques phrases une ville que vous connaissez ou bien la ville de vos rêves.

> CONSIGNES D'ÉCRITURE
> – Présentez la ville : « J'habite / je suis né / je vais en vacances dans la ville de... / Je rêve d'habiter une ville dans laquelle il y aurait... »
> – Utilisez une énumération : « Dans cette ville il y a... / on admire... »

LE SAVIEZ-VOUS ?

La naissance des villes

....

Vers 3700 avant Jésus-Christ, dans le sud de la Mésopotamie, apparaissent les premières villes (voir carte p. 7). Les cités d'Ur et d'Uruk (ou Ourouk) font partie des plus connues. Les murs des bâtiments sont en brique ; maisons, ateliers, magasins bordent les rues.

Les tours à étages ou ziggourats, demeures construites pour les dieux, sont caractéristiques de l'architecture mésopotamienne. Elles sont édifiées en briques et surmontées d'un petit temple qui abrite la statue du dieu. Elles pouvaient mesurer de quarante à cent mètres de haut et symbolisaient le lien entre le ciel et la terre. La plus célèbre des ziggourats est celle de Babylone, appelée tour de Babel dans la Bible.

« J'ai trouvé mon semblable ! »

Chapitre 2

[...] Des pâturages pelés, des buissons, quelques arbres figés, la poussière soulevée par un troupeau, le rugissement d'un lion, la fuite des gazelles, la fumée des feux de bergers et, au loin, la lumière dorée qui danse sur le
5 fleuve...

C'est dans une steppe pareille qu'Éa et Arourou s'installent. La terre, ici, n'a pas la finesse des alluvions[1] apportées par les crues de l'Euphrate. Elle est grossière, parsemée d'écorces et de graviers. Mais c'est le bon matériau pour
10 l'œuvre qu'ils ont promis d'accomplir. Un homme rudimentaire[2]. Un être tout d'un bloc, à la fibre compacte et dure. Une flamme brûlera en lui, mais charbonneuse, comme l'aube avant le lever du jour.

Éa, sans attendre, creuse comme s'il ouvrait un fossé
15 dans le sol, puis crache dans la terre et commence à pétrir.

Jadis, pour la première fournée d'hommes, il avait fallu tuer un dieu et incorporer à l'argile sa chair et son sang. Pour ce nouvel être, la salive suffit. Elle est le levain qui fera gonfler sa pâte.

20 Arourou chantonne pendant qu'Éa malaxe. Son chant s'étend sur la steppe comme une tente, étouffe tous les

---

1. Alluvions : boues apportées par les eaux d'un fleuve.
2. Rudimentaire : primitif, simple.

bruits, endort chaque être animé. Les dieux sont seuls. Ils créent.

Lorsque du matériau monte une vapeur, Arourou
25 prend la relève d'Éa. Elle modèle la créature et lui donne sa forme. Après quoi, elle cueille un rameau[3] de tamaris[4] et fouette le pâton[5] inerte pour y éveiller la vie, puis elle rejoint Éa et tous deux observent à l'écart.

C'est l'instant du mystère. Quel être, réellement, se
30 prépare à naître ? Sans doute, son destin est tracé : conçu pour servir de rival à Gilgamesh. Anou l'a dit. Mais ce destin, écrit sur sa tablette, comment l'accomplira-t-il ? Éa aime les hommes. Il ne manque jamais une occasion de leur venir en aide. Ils sont habiles comme lui, ingénieux,
35 capables de prouesses, et chaque fois qu'en duo avec Arourou, il a créé un nouveau prototype, il n'a pu s'empêcher de rêver sur l'avenir...

Dans le grand corps immobile, la vie commence à chauffer. La terre croûte en surface. Des écailles sèches
40 tombent. Une peau grenue[6] apparaît sous la gangue[7]. La poitrine frémit. Le souffle circule, cherche la narine.

Arourou et Éa se regardent. Leur créature est achevée et il est temps, pour eux, de quitter les lieux. Pendant qu'ils s'éloignent, le mystère se défait, la steppe retrouve
45 sa mouvance[8] et le nouvel être s'accroupit en grognant.

---

3. **Rameau :** petite branche.
4. **Tamaris :** petit arbre à fleurs roses.
5. **Pâton :** morceau de pâte façonné.
6. **Grenue :** qui présente de petits grains.
7. **Gangue :** croûte de terre.
8. **Sa mouvance :** son mouvement.

Il hume le vent, se dresse sur ses jambes, fait claquer ses mâchoires.

Le sillage des dieux ne s'est pas encore refermé. Satisfaits de leur ouvrage, ils échangent, de créateur à créateur, 50 leurs pensées intimes.

« Nous l'avons descendu du Ciel pour qu'il accomplisse notre plan, confie Arourou. La terre, dorénavant, n'est plus tout à fait la même.

– Quelque chose va changer, en effet. La créature est 55 encore dans la nuit, mais elle connaîtra le jour. Enkidou... »

L'être entend ces sons. Une ombre passe dans son regard. Il ne peut ni savoir, ni comprendre. Il n'est qu'au premier matin de sa vie et sa mémoire est vide, mais il 60 aime ces harmonies portées par le vent. Il ouvre la bouche et souffle à son tour, en modulant le son.

« Ou... ou... ou... »

Il s'étonne du bruit qu'il produit. Il s'interrompt, reprend, crie. Il est ému par ce pouvoir qui gonfle sa 65 poitrine. Il soulève un pied, puis l'autre. C'est sa première joie. Il sent la résistance du sol, frappe pour l'éprouver, avance en se déhanchant et accomplit ainsi ses premiers pas, à la manière d'une danse.

Enkidou est né et le jour passe sur lui, chargé d'émotions 70 inconnues.

*

La nuit suivante, dans son palais, Gilgamesh se redresse sur son lit. Il suffoque. Un cauchemar vient de le réveiller.

Il est troublé. Il n'arrive pas à en percer le sens. Favorable ou funeste ? Il appelle sa mère, la déesse Ninsouna, qui arrive aussitôt. Elle se tient, invisible à la tête de son lit, et il se confie à elle, dans la pénombre de sa chambre.

« Mère, reine du gros bétail, voici : j'étais entouré par les étoiles et, soudain, une pierre tombée du ciel s'est écrasée à mes pieds. J'ai voulu l'enlever de là et, sans attendre, je l'ai prise à pleins bras. Mais j'ai été incapable de la soulever, moi, Gilgamesh. Ma force s'est changée en faiblesse. Alors, toute la population s'est rassemblée, comme des moucherons sur la rivière, pour fêter l'arrivée de ce bloc. Et toi aussi, tu étais là. Tu nous caressais. Tu nous appelais tes fils préférés. Explique-moi ce songe ! »

Une lueur, soudain, auréole la tête de Gilgamesh. C'est sa mère qui lui répond.

« Ton rêve est bon, mon fils. Les étoiles autour de toi, ce sont les dieux. Tu es toujours leur favori et ils t'ont envoyé un ami. Il est fort et puissant. Toi et lui, vous formerez un attelage irrésistible. »

Gilgamesh se rendort rassuré. La nuit passe, puis le jour, tiré par le char du soleil, Shamash, puis une nouvelle nuit que traverse la barque d'argent de Sîn, la lune.

Gilgamesh, pour la seconde fois, réclame sa mère, car un autre rêve, plus étrange, le secoue.

« Cette fois-ci, je déambulais dans Ourouk. Un attroupement m'a attiré et je suis allé voir. Une hache était debout sur la place et tous l'admiraient. Même moi, quand je l'ai vue, je me suis prosterné devant elle et je l'ai embrassée, comme une épouse. Puis, je l'ai suspendue à ma ceinture et lorsque tu nous as vus, elle et moi, tu nous as appelés tes fils ! Ce songe est-il de bon ou de mauvais augure[9] ? Dis-le !

– De bon augure, mon fils. Du meilleur ! Car cette lame
105 est fertile. Elle va entailler ton cœur, comme celle du jardinier qui prépare une greffe. Il en naîtra une amitié robuste ! »

Puis sa mère disparaît, comme elle est apparue, à la manière imprévisible des dieux lorsqu'on les sollicite.
110 Mais, malgré ces interprétations favorables, Gilgamesh demeure tourmenté.

Imagine cela, aussi ! Tu es un puissant de la terre. On te redoute, on t'évite. Tu as gagné toutes tes batailles et tu ne crains personne. Pourtant, un jour, un rival se présente et
115 avant même de l'avoir vu, avant qu'on t'en ait parlé, tu le sens. Il est là, niché dans tes rêves. Alors, pour la première fois, tu t'interroges. Tu es comme une eau troublée par le limon[10]. En alerte. Un événement va surgir et tu attends.

Et l'événement surgit !
120 Quelques jours après son second rêve, en effet, une nouvelle parvient à Gilgamesh. Le messager est un chasseur. Il est bouleversé lorsqu'il se présente au palais. Depuis plusieurs lunes, en effet, son territoire de chasse est dévasté. Les pièges qu'il creuse sont comblés, les filets
125 qu'il tend sont déchirés. Plus une prise, plus une pièce à son tableau de chasse. Toutes ses ruses sont éventées. Lorsqu'il s'approche d'un gibier, même à contre-vent, même couvert d'argile pour effacer son odeur d'homme,

---

9. Augure : présage.
10. Limon : fines particules de terre entraînées par les eaux des fleuves.

avant d'être à portée de flèche, l'animal s'enfuit. Comme
130 s'il savait ! Comme si quelque chose veillait, lui donnait
un signal !

Après avoir cherché la cause, il se trouve un jour nez à
nez avec elle.

« C'est un être, dit-il, qui marche sur ses jambes, ressem-
135 ble à un homme et vit parmi les bêtes. Berger des gazelles,
il ne les quitte jamais. Il les conduit aux points d'eau, les
protège des lions qu'il chasse à mains nues, se perche dans
un arbre pendant qu'elles broutent, les soulage de leur lait
en les tétant à la mamelle. Sa peau est épaisse comme un
140 cuir d'aurochs[11], couverte de poils, et ses cheveux emmêlés,
souillés de terre et de brindilles, pendent en nattes gros-
sières dans son dos et lui battent les fesses.

« C'est une force, une puissance. C'est une montagne
vivante. Il te ressemble, Gilgamesh, Buffle d'Ourouk.

145 « Il m'a surpris, je creusais une fosse. Je l'ai vu, hirsute[12],
puant, et sa colère, en voyant mon piège, s'est mise à
cracher le feu épouvantable de son ventre. Je me suis enfui,
mais ses yeux m'ont suivi. Ils sont là, devant moi, quand je
parle : deux étoiles fraîches dans une face de nuit. »

150 Gilgamesh écoute le chasseur et comprend.

Le voici donc, l'inconnu annoncé par ses rêves. La pierre
tombée du ciel et la hache. Il est là. Gilgamesh le voit, tel
que le chasseur l'a dépeint. Il sent monter sa colère, le
désir de se mesurer à lui, de l'abattre, et il élabore déjà un
155 plan pour le casser.

---

11. Auroch : bœuf sauvage proche du bison.
12. Hirsute : échevelé.

Résumé du chapitre 3

Gilgamesh envoie dans la steppe une femme chargée de séduire Enkidou, afin de lui faire perdre sa force sauvage. Le plan réussit : Enkidou découvre l'amour, le parfum de la femme et une nouvelle nourriture, le pain. Les animaux le fuient. La femme le conduit à Ourouk afin qu'il y rencontre Gilgamesh. Les habitants l'accueillent comme un sauveur qui les défendra contre la brutalité de leur roi.

Chapitre 4

Gilgamesh, justement, est de sortie. En route, accompagné de sa bande, pour une de ces virées que les pères et les mères redoutent. Une noce a lieu et il s'y est invité. Il vient coucher avec la mariée, pour donner son avis sur ses quali-
160 tés d'épouse. C'est un droit révoltant qu'il s'octroie[13]. La terre, prétend-il, est plus féconde quand elle est ensemencée par le roi. La stupeur qu'il provoque dans les familles l'amuse toujours et il se réjouit à l'idée du mauvais quart d'heure qu'il va faire subir.

165 En chemin, pour se mettre en appétit, il bouscule un troupeau de chèvres en travers de sa route, piétine l'éventaire[14] d'un jardinier qui vend ses légumes, démolit l'auvent[15] de roseaux d'un cordonnier, à l'ombre pour tresser ses sandales.

170 La rumeur de son arrivée se répand aussitôt, comme un venin, et parvient jusqu'au groupe qui porte Enkidou en triomphe.

---

13. S'octroie : s'accorde.
14. Éventaire : étalage en plein air.
15. Auvent : petit toit incliné pour protéger de la pluie et du soleil.

« Ça tombe bien ! Il faut en profiter pour lui régler son compte.

175 – Oui, Enkidou ! Fais-lui son affaire, à ce vaurien. Défends-nous !

– Protège nos femmes ! Oblige cette canaille à respecter les usages ! »

Enkidou est ivre de leurs cris, de leur excitation. Il sent

180 l'exaspération, la colère des gens, leur désir de vengeance. Il les voit, serrés autour de lui, comme des moutons autour d'un abreuvoir. Ils ont soif de revanche et ils espèrent qu'il sera leur source.

Impuissant, il se laisse imprégner par la fièvre de la

185 foule. Il n'est plus lui-même. Le peuple est entré en lui et il tremble de sa rage.

C'est alors qu'il rencontre Gilgamesh. Il a déjà dévasté la haie de clôture qui entoure la maison des noces et il s'apprête à fondre sur sa proie, avec sa nuée de vautours.

190 Enkidou, d'un cri, l'arrête :

« Homme ! »

La rue se tait.

Gilgamesh regarde Enkidou, le champion envoyé par les dieux. Malgré son accoutrement[16] de sauvage, il lui

195 ressemble, c'est vrai. À peine moins grand, mais trapu. Comme un bloc de diorite[17] sans défaut, tout juste dégrossi par le burin[18] du carrier[19].

---

16. **Accoutrement** : vêtement étrange, ridicule.
17. **Diorite** : roche sombre et brillante.
18. **Burin** : ciseau d'acier.
19. **Carrier** : personne qui travaille dans une carrière.

« L'époux tient la main de l'épouse, dit Enkidou. Personne d'autre. C'est coutume. »

200 La rue vibre de la colère d'Enkidou. Cela amuse Gilgamesh et il excite le colosse.

« Alors, qu'est-ce que tu attends ? Fais respecter la coutume !

– Enkidou fait ! »

205 Et il avance vers Gilgamesh. Il ne court pas. Il marche et son pas est lourd sur la terre battue, encombrée de détritus et de tessons[20]. Arrivé devant Gilgamesh, il le saisit à bras-le-corps[21]. Gilgamesh fait de même. Leurs mains claquent sur leurs flancs, leurs muscles roulent sous leurs 210 poignes et se durcissent.

Serrés l'un contre l'autre, tendus, les deux hommes écoutent monter leur fureur. Ils grondent :

« Je vais te réduire en ruine, comme une ville vaincue !

– Enkidou abattre ta montagne, l'aplanir comme 215 steppe ! »

Et leur fureur explose soudain, sous la pression du flot de haine qui pousse. Les corps se déchaînent et les coups s'abattent.

Alors, la foule entre dans la bagarre à son tour, s'ex-220 clame, halète du même souffle que les lutteurs, hurle des encouragements à son favori, scande son nom :

« Enkidou !... Enkidou !... »

Des imprécations[22] s'envolent.

---

20. Tessons : débris de poteries.
21. À bras-le-corps : avec les bras et par le milieu du corps.
22. Imprécations : malédictions.

« Tue-le ! »

225 Noirs oiseaux de violence !

Les deux hommes sont isolés dans leur querelle. Ils n'entendent pas. Ils se repoussent, pour s'élancer à nouveau, s'attaquer, s'ébranler.

Ils ont changé de quartier. La noce est oubliée et la 230 mariée. On les suit de loin, au mouvement des clameurs qui les accompagnent, à la nuée de poussière qui entoure leur combat. Des maisons sont saccagées. Des spectateurs bousculés s'écroulent en pleurant un membre brisé.

Bientôt, les géants parviennent sur la place princi-235 pale d'Ourouk, devant les temples d'Anou et Ishtar. Ils prennent les dieux à témoin de leur duel.

Gilgamesh maîtrise l'art du pugilat[23]. Il en possède toutes les astuces. Plus fin que son adversaire, il esquive[24], économise sa force et frappe à bon escient[25]. Enkidou, lui, 240 ne connaît pas la ruse. Il ne feinte[26] pas, ne recule pas, ne se protège pas. Il encaisse et cogne, bélier obstiné, contre le rempart qu'il veut abattre.

Nul n'a encore pris l'avantage. Mais Enkidou a l'habitude des longs efforts et Gilgamesh s'irrite d'une telle endu-245 rance. Personne ne lui a encore tenu tête aussi longtemps. Cette résistance est déjà une mise en échec.

Alors, il s'emporte. Contre Enkidou. Contre lui-même. Il veut hâter la fin du combat, redouble de puissance. Et c'est lorsqu'ils sont engagés dans un nouveau corps à

---

23. Pugilat : combat à coups de poing.
24. Esquive : évite adroitement.
25. À bon escient : comme il faut.
26. Feinte : ruse.

250 corps, comme deux taureaux qui ont enchevêtré[27] leurs cornes, que Gilgamesh s'immobilise soudain, les pieds au sol, maintenu par Enkidou.

La foule n'en revient pas. Gilgamesh entravé[28] pour la première fois ! Déjà, elle vocifère des cris de joie vengeurs 255 et des sarcasmes.

« Gilgamesh a trouvé son maître !
– Va jusqu'au bout, Enkidou ! Termine le travail !
– Débarrasse-nous de lui et prends sa place !
– Enkidou, roi d'Ourouk !... Enkidou, roi d'Ourouk !... »

260 Mille poitrines reprennent ce cri, l'élèvent comme une prière devant le temple d'Anou, pour que le dieu la reçoive et l'exauce.

Enkidou entend la furie tout autour. Il hésite. Il regarde Gilgamesh, emprisonné dans l'étau[29] de ses bras. Il voit sa 265 noblesse. Il sent la vie dans sa poitrine. Un bruissement indéchiffrable où tant de voix inconnues se mélangent.

« Enkidou, roi d'Ourouk !... »

Enkidou entend battre son propre cœur. Des mélodies simples y chantent et les choristes[30] sont le vent, l'averse, 270 les sources, les bêtes, le ciel, l'horizon... Comment un sauvage de la steppe pourrait-il régner sur une ville où vivent tant d'hommes ?

« Enkidou, roi d'Ourouk !... »

Le doute, peu à peu, desserre l'étreinte[31] d'Enkidou. 275 Gilgamesh sent qu'il renonce. Il le regarde lui aussi, voit

---

27. Enchevêtré : emmêlé.
28. Entravé : retenu.
29. Étau : pression, étreinte.

30. Choristes : qui chantent dans un chœur (il s'agit d'une image, ici).
31. Desserre l'étreinte : relâche la pression.

ses yeux et les mots du chasseur lui reviennent à l'esprit : « Deux étoiles fraîches dans une face de nuit[32] ». La grande force d'Enkidou s'incline devant le Buffle d'Ourouk, renonce à la victoire, et Gilgamesh décide de tirer parti
280 de cette faiblesse pour en finir.

D'un mouvement vif, il se dégage, puis saisit le poignet d'Enkidou et lève son bras en riant, comme on désigne un vainqueur.

« J'ai trouvé mon semblable ! lance-t-il par bravade[33] au
285 peuple qui l'a hué. Le voici ! C'est Enkidou, le Lion de la steppe ! »

La foule se tait, plombée[34] par la stupeur. Quelques cris s'élèvent encore, çà et là, contre Enkidou maintenant. Sa démission. Sa lâcheté. Et des plaintes et des murmures.
290 « Les dieux nous ont abandonnés. Pauvres de nous !

– Le Buffle a fait alliance avec le Lion !

– Où nous conduira un pareil attelage ? »

Les silencieux-du-pays retournent au silence, baissent la tête et s'en vont à leurs occupations.

*

295 Comprends-tu leur désarroi[35] ?...

Prends leur vie, fais-en la tienne et songe à eux un instant.

Ils souffrent de la tyrannie de Gilgamesh. Le danger pèse sur eux, à chaque instant. Le mépris, la mort. Ils

---

32. **Deux étoiles fraîches dans une face de nuit :** voir p. 26.
33. **Par bravade :** par provocation.
34. **Plombée :** pâlissant, livide.
35. **Désarroi :** trouble profond.

300 cherchent une issue, en se tournant vers l'invisible où les dieux organisent tous les destins.

Ils s'adressent au ciel, prient avec ferveur et n'obtiennent jamais la moindre réponse, ni le moindre encouragement. Puis, un jour, les dieux se manifestent. Une 305 étincelle jaillit qui se métamorphose en incendie d'espoir. Mais soudain, cet espoir s'éteint, sans les avoir comblés !

Qu'aurais-tu dit, toi ? Et qu'aurais-je pensé, moi, si nous nous étions trouvés, à cet instant, sur la grand-place d'Ourouk ? Toi et moi, pâtre[36] ou bien pêcheur, vannier[37] ou 310 mouleur de briques, charmeur de serpents, que sais-je encore, scribe...[38] qu'aurions-nous ressenti ?

Nos vieux parents de Sumer[39] s'étaient inventé des dieux pour chaque instant de leur existence, pour chacune de leurs tâches. Pour l'agriculture, le bétail, les produits de 315 la mer, les digues, les voies d'eau, les céréales, la houe[40], le moule à briques, le travail du bois, celui des métaux, la vie pastorale[41], la bergerie, les poireaux et les oignons... Chaque dieu répondait à une question sur le monde et patronnait une activité. Tous ensemble, ils structuraient la 320 vie quotidienne de Sumer.

Imagine à quel point les gens d'Ourouk ont dû se croire abandonnés lorsqu'ils ont vu Enkidou renoncer !

Imagine leur solitude, lorsqu'ils ont senti Anou, leur dieu protecteur, retirer la main qu'il leur avait tendue !

---

36. Pâtre : berger.
37. Vannier : voir note 1, p. 12.
38. Scribe : écrivain public.
39. Sumer : région de Mésopotamie dont la capitale est Ourouk.
40. Houe : voir note 7, p. 14.
41. Vie pastorale : vie que mènent les bergers.

QUESTIONS SUR LE TEXTE 2

AI-JE BIEN LU ?

1 À quelle créature Arourou et Éa donnent-ils naissance ? À l'aide de quel matériau et dans quel cadre ?

2 Quelle nouvelle parvient à Gilgamesh par l'intermédiaire d'un chasseur ?

3 **a.** Dans quelles circonstances Gilgamesh se livre-t-il à un combat contre Enkidou ?

b. Quelle est l'issue du combat ?

J'ANALYSE LE TEXTE

Le cadre : la steppe

4 **a.** Quel type de végétation, quels animaux, quels humains trouve-t-on dans la steppe (l. 1-5) ?

b. Relevez les notations de bruit, de lumière. Comment vous re-présentez-vous le paysage ?

c. Le « fleuve » (l. 4-5) : de quel fleuve s'agit-il ?

La création d'Enkidou

5 **a.** Relevez les verbes qui montrent que la vie est en train de naître (l. 38-41).

b. Quels éléments apparaissent sur le corps d'Enkidou ? Quels éléments disparaissent ?

6 **a.** Quels sont les premiers gestes du nouvel être (l. 42-47) ? Quels termes le rapprochent de l'animal ?

b. Quelle est sa première émotion ? sa première joie ? (l. 57-70)

7 Quel destin est réservé à Enkidou ? Expliquez l'expression : « ce destin, écrit sur sa tablette » (l. 31-32).

La rencontre entre Gilgamesh et Enkidou

— La description d'Enkidou

8 a. Quelle description le chasseur fait-il d'Enkidou (l. 134-149) ? Quels éléments en font un être proche de la nature et des animaux ?

b. Par quelle métaphore le chasseur désigne-t-il les yeux d'Enkidou (l. 148-149) ? Quelle image donnent-ils du personnage ?

— Les adversaires et la lutte

9 a. Quel combattant est désigné par l'expression *le Buffle d'Ourouk* ? Lequel par l'expression *le Lion de la steppe* ?

b. Lequel est assimilé à un bélier ?

10 Quels sont les points forts et les points faibles de chaque adversaire (l. 237-242) ?

11 a. Quelle comparaison animale souligne la violence de la lutte (l. 249-252) ?

b. Quel combattant la foule d'Ourouk soutient-elle ? Pourquoi se réjouit-elle (l. 253-262) ?

— L'issue du combat

12 a. À quel moment Enkidou n'est-il plus sûr de vouloir gagner ? Pourquoi (l. 268-275) ?

b. Qui est le vainqueur ?

13 Pourquoi Gilgamesh dit-il : « J'ai trouvé mon semblable ! » (l. 284). Les deux hommes se ressemblent-ils ?

14 Quelle est la réaction de la foule (l. 287-294) ?

L'écriture épique

— Le merveilleux et les rêves

15 Qui est la mère de Gilgamesh ? En quoi est-elle un personnage merveilleux ?

16 Quels sont les deux rêves que fait Gilgamesh ? Comment sa mère interprète-t-elle chacun de ces rêves ?

QUESTIONS SUR LE TEXTE 2

— Les expressions poétiques

17 Relevez les expressions imagées par lesquelles les Mésopotamiens évoquaient le jour et la nuit.

Je formule mes impressions

18 Comprenez-vous qu'une amitié puisse naître au cours d'un combat ?

19 Imaginez-vous, comme le narrateur vous y invite (fin de l'extrait), la détresse des habitants d'Ourouk ?

J'ÉTUDIE LA LANGUE

Conjugaison : l'indicatif présent

20 Écrivez les verbes à la 1ʳᵉ personne du singulier et du pluriel de l'indicatif présent.

a. il entend. **b.** il croit. **c.** il se bat. **d.** il ment. **e.** il prie. **f.** il s'avance. **g.** il rit.

J'ÉCRIS

Changer de narrateur

21 Réécrivez les passages des lignes 275-276 et 281-283 en imaginant que Gilgamesh raconte le combat.

> CONSIGNE D'ÉCRITURE
> Remplacez Gilgamesh par « je » et faites les modifications qui s'imposent.

« C'est Houmbaba le monstre. »

Résumé des chapitres 5 et 6

Contre l'attente de tous, Gilgamesh et Enkidou deviennent amis. Gilgamesh fait découvrir à son compagnon la vie de la cité et l'étendue de ses domaines. Au contact d'Enkidou, il devient meilleur. Enkidou aussi a changé : le confort et le luxe l'ont amolli ; mais bientôt, la steppe et la vie sauvage lui manquent. Pour le distraire, Gilgamesh lui propose une extraordinaire aventure : aller vaincre le monstre Houmbaba, gardien de la Forêt des Cèdres, au Liban ; ils en rapporteront le bois précieux. Enkidou hésite, car il connaît Houmbaba et ses pouvoirs magiques (chapitre 5).

Gilgamesh le rassure, il sera protégé par sa mère Ninsouna. Celle-ci demande à Shamash, dieu du Soleil, de veiller sur son fils. Le chemin est long pour atteindre la Forêt des Cèdres. Enkidou guide Gilgamesh dans la steppe (chapitre 6).

Chapitre 7

Au septième jour de leur voyage, ils arrivent en vue de la Montagne qui porte la Forêt des Cèdres[1] sur son dos.

Enkidou s'arrête et hésite. Sa terreur de jeunesse le réveille[2] et le mord. Gilgamesh s'arrête lui aussi et regarde. La voici donc cette Forêt qui a enfiévré ses pensées. Il

---

1. **Cèdres** : arbres conifères, symbole du Liban.
2. **Sa terreur de jeunesse le réveille** : lorsqu'Endidou vivait à l'état sauvage, il a vu Houmbaba qui l'a terrifié.

l'imaginait comme une vaste palmeraie[3], avec des arbres hauts, droits, un sous-bois clair, envahi par des herbes et des troupeaux de chèvres sauvages. Au contraire, c'est un pelage épais comme une cuirasse, hérissé, aux sombres
10 reflets bleus. Elle couvre tout un versant de la Montagne qui se perd dans les nuées. Des éclairs pleuvent sur son sommet et des pans de brume déchirés glissent sur ses pentes, emportés par les roulements du tonnerre. Adad, le dieu de l'orage, vient ici chevaucher ses mulets.

15 Gilgamesh, l'homme de la plaine, est ému devant cette géante. Il hume la buée de son souffle aux arômes grisants et scrute ses abords, à la recherche d'une entrée.

« Regarde, dit-il à Enkidou, cette trouée sombre sur la lisière[4], c'est une porte. Franchissons-la ! »
20 Ils reprennent leur marche et, sans attendre, pénètrent sous le couvert[5].

La Forêt, aussitôt, les sent et donne l'alerte. Un vent léger glisse à travers les Cèdres. Puis l'air se réchauffe et un grésillement crépite. Des étincelles jaillissent. Des arbres
25 s'ébrouent[6] devant eux, comme des bêtes mouillées. Des voix graves bourdonnent. Les vieux esprits des premiers âges du monde, endormis sous la terre, remontent à la surface.

« Houmbaba, maître de la Forêt ! prévient Enkidou. Il
30 voit Gilgamesh. Il voit Enkidou. Il arrive. »

C'est alors qu'un hurlement secoue la montagne. Le monstre a entendu et il approuve. Enkidou est épou-

---

3. Palmeraie : plantation de palmiers.
4. Lisière : bordure de la forêt.
5. Couvert : dans l'épaisseur de la forêt.
6. S'ébrouent : se secouent.

vanté. Il regarde autour de lui. Houmbaba lui portera son premier coup. Il s'y attend et cherche de quel côté il va
35 tomber.

« C'est nous qui allons l'abattre ! le rassure Gilgamesh.

– Non ! Houmbaba trop puissant ! »

Et pour lui faire comprendre qu'ils ont affaire à un être immense, Enkidou désigne le sol en le martelant à coups
40 de talon :

« Peau de Houmbaba ! »

Il entoure le tronc d'un Cèdre :

« Poil de Houmbaba ! »

Il renifle, comme une hyène sur une trace :
45 « Souffle de Houmbaba ! »

Il ouvre les bras :

« Gilgamesh et Enkidou, dans la main de Houmbaba. »

Et il se tait, à bout d'arguments, impuissant à convaincre son ami.

50 Gilgamesh le regarde avec tendresse. Il comprend sa frayeur. Il lui dit :

« Ne laisse pas la panique te démolir, Enkidou. Regarde autour de toi. Les Cèdres sont là. Cette récolte à notre portée, tu repartirais sans l'avoir moissonnée ? »

55 Enkidou reste buté[7]. La Forêt a ressuscité son enfance lorsqu'il était sauvage. Il se croyait adulte. Mais l'enfant est toujours là et sa vigueur[8] paralyse l'homme. Tous ses efforts pour s'élever n'ont servi à rien. Il est déçu de lui. Il a honte.

---

7. Buté : entêté.
8. Vigueur : force.

60 « Enkidou, insiste Gilgamesh, tous les hommes doutent. Moi aussi, sur la piste, rappelle-toi. Et qui m'a redonné confiance ? Toi, mon ami. Tu m'as guidé et je ne me suis pas égaré. Tu as déchiffré mes rêves et j'ai été stimulé. Tu m'as appris ta steppe magnifique et je me suis efforcé 65 d'être ton élève ! Toi et moi, nous sommes deux torrents furieux. Crois-moi. Nous vaincrons ! »

Voix suave[9] de l'amitié, plus douce que le miel. Enkidou se laisse convaincre et accepte de repartir.

C'est alors que Houmbaba se déchaîne.

70 Des explosions de terre et de roches ébranlent le sol qui se fend. Des ronces jaillissent des crevasses et les frôlent en sifflant. Des plaintes s'élèvent qui tournent en rires, puis en cris. Des arbres se fracassent.

« Montre-toi vraiment ! hurle Gilgamesh. Cesse de 75 t'abriter derrière ta magie, lâche !

– Mais je suis là. C'est toi qui ne sais pas me voir. »

Une ombre bondit, se glisse derrière eux et creuse dans son passage un gouffre glacé qui manque de[10] les engloutir.

80 « Cesse de jouer ! Revêts[11] ta silhouette humaine et relève notre défi !

– Puisque tu y tiens !... répond Houmbaba. Me voici ! »

Alors, de sept directions, sept roues de feu surgissent dans la Forêt et se rejoignent en une seule, en mélangeant 85 leurs flammes.

---

9. Suave : douce.
10. Qui manque de : qui est sur le point de.
11. Revêts : endosse.

Enkidou s'écrie, serrant sa hache à deux mains devant lui :

« Esprit de Houmbaba ! »

Une silhouette apparaît qui semble flamber. Le feu
90 pénètre en elle, s'y installe et son intensité, peu à peu, décroît[12], absorbée par l'intérieur de l'être. Refroidi en surface, un corps se révèle enfin. C'est Houmbaba le monstre.

Campé sur ses pattes de taureau, sa gueule de lion rit à
95 gorge déployée de la frayeur d'Enkidou.

« Tu as voulu me présenter ton enfant chéri, Gilgamesh ! Il a bien changé depuis la dernière fois que je l'ai vu. Il a appris à parler. Bravo !... Mais il n'a pas cessé de trembler... »

100 Cette ironie blesse Enkidou. Il se ramasse comme un félin et bondit, hache levée, pour faire taire Houmbaba le hideux.

Sans bouger, celui-ci, d'un cri, l'envoie rouler cent pas en arrière.

105 « Ne te mêle pas de la conversation des grands, bestiole ! Laisse les hommes parler entre hommes ! »

Gilgamesh ne se laisse pas impressionner. Il répond aussitôt :

« Et toi, Houmbaba ! Quelle sorte d'animal es-tu ? Empri-
110 sonné dans la Forêt par les dieux, quels seraient tes pouvoirs si tu en sortais ? Incapable d'évoluer, tu ne serais plus

---

12. Décroît : faiblit.

rien. Enkidou, lui, était enfant dans la steppe. Il a su la quitter, grandir dans la ville et rayonner ! »

Pendant qu'il parle, un vent se lève, glacial, tranchant,
115 venu du nord. Il surprend Houmbaba, puis disparaît. Un autre le remplace, brûlant, qui éclaire la Forêt au sud. Puis le couchant s'anime à son tour et le levant frémit.

À ces signes, Gilgamesh reconnaît la présence de Shamash, qui lui dit :
120 « Je suis là. Aie confiance. Je veille. Mes Treize Vents sont à tes côtés. Je t'ai envoyé leur avant-garde. »

Réconforté, Gilgamesh s'élance sur Houmbaba qui essaie de parer l'attaque en poussant son cri de mort. Trop tard. Gilgamesh est sur lui et l'empoigne.
125 Le corps du géant est lisse, nourri en profondeur par des courants de feu. Il se dérobe[13]. Gilgamesh peine à assurer ses prises. Il enserre la taille de son adversaire, cherche à le plier, mais Houmbaba semble enraciné dans le sol, comme les Cèdres de sa Forêt.
130 Alors, Shamash envoie toutes ses troupes à la rescousse.

Ouragan se déchaîne le premier, attaque aux pattes. Tornade et Tempête ébranlent la grande carcasse du géant. Blizzard[14] travaille ses muscles, plus durs que l'obsidienne[15], Rafale[16] le harcèle[17], Tourbillon l'étourdit.
135 Houmbaba vacille et la Forêt prend peur. Elle sent son protecteur en danger. Elle hurle et pleure, en se tordant les bras.

---

13. **Il se dérobe :** il se soustrait.
14. **Blizzard :** vent et tempête de neige.
15. **Obsidienne :** pierre volcanique.
16. **Rafale :** coup de vent soudain et brutal.
17. **Harcèle :** poursuit sans cesse.

Houmbaba rugit. Gueule ouverte, il jette à gauche, à droite, des coups de crocs pour déchirer les Vents, claque
140 des sabots et cherche la gorge de Gilgamesh, serré contre sa poitrine, qui résiste malgré les soubresauts.

Pendant ce temps, Enkidou s'est relevé. Il veut prêter main-forte à son ami, mais la violence de l'empoignade l'empêche de s'approcher.

145 Surgit soudain Bourrasque[18], descendue des étoiles. Elle s'engouffre dans la gueule du géant, descend en lui et lui gonfle le ventre. Cyclone[19] la rejoint, pénètre dans les yeux d'Houmbaba, l'aveugle, pendant que Typhon[20] s'enroule en puissance autour de ses cuisses.

150 Houmbaba perd l'équilibre. Gilgamesh le sent pris au dépourvu. Il pèse de tout son poids, le frappe aux mollets et l'abat.

En s'écroulant, Houmbaba déracine cent arbres et reste enchevêtré parmi les branches et les troncs fracassés.
155 Gilgamesh hurle :

« Tu as perdu ! Ta Forêt m'appartient ! »

Il maintient la gueule du monstre sous son talon, pendant qu'Enkidou, qui s'est jeté en travers de la poitrine de Houmbaba, le cloue au sol.

160 Mais le gardien ne s'avoue pas vaincu. Il se sait prisonnier. Il négocie.

« Tu veux mes Cèdres, Gilgamesh ? Prends-les, je te les donne. Et profite de la gloire de les avoir conquis. Mais laisse-moi en vie. Ma mort ne te rendra pas plus grand. »

---

18. Bourrasque : coup de vent violent, de courte durée.
19. Cyclone : tempête caractérisée par des vents tourbillonnants.

20. Typhon : violent ouragan.

165 Enkidou sent la ruse.

« N'écoute pas, Gilgamesh. Houmbaba te trompe. Prends ses Cèdres ! Prends sa vie !

– Tais-toi, avorton[21] ! Rappelle-toi quand tu dormais dans les arbres. Je n'aurais pas dû me contenter de t'ef-
170 frayer, j'aurais dû te réduire en poussière, te renvoyer à la bouillie d'où les dieux t'avaient tiré ! »

Gilgamesh hésite. Houmbaba pousse son avantage.

« Nous sommes des presque dieux, toi et moi. Pourquoi t'encombrer de ce sous-homme ? Il a fini d'évoluer. Il n'ira
175 pas plus loin. Mais si tu me laisses en vie, nous pourrons, la main dans la main, étonner le monde par nos exploits. Nous sommes deux torrents furieux. Qui peut dire le contraire ? Et nos noms se répandront sur les pays comme un raz de marée. »

180 Ces paroles irritent Gilgamesh. Houmbaba lui parle comme il parlait à Enkidou. Mot pour mot. Il a l'impression qu'en lui proposant son amitié, le géant confisque son affection pour Enkidou.

« L'amitié ne se décide pas, répond Gilgamesh. Elle
185 s'installe d'elle-même dans les cœurs. Et quand on la découvre, on se réjouit et on s'empresse de la fortifier chaque jour par des attentions nouvelles. Je sais cela. Enkidou me l'a appris. »

Mais Enkidou craint les manigances[22] de Houmbaba. Il
190 presse son ami.

« N'écoute pas, Gilgamesh. Houmbaba, c'est le mal ! Supprime le mal ! »

---

21. Avorton : petit homme malfait, mal bâti.   **22. Manigances :** ruses.

Gilgamesh n'a plus besoin d'écouter. Sa décision est prise et Houmbaba comprend qu'il est perdu. Il pousse
195 un dernier cri :

« Tu ne vieilliras pas, Enkidou. Tu me rejoindras bientôt dans le Pays-des-Ombres[23]. Quant à toi, Gilgamesh, n'attends plus. Allez ! Prends ma vie et attire le malheur sur la tienne. »

200 Une dernière fois, l'épouvante pétrifie la Forêt et se tait à jamais.

*

Le gardien éliminé, les deux hommes se livrent à un grand massacre de Cèdres, au cœur de la futaie. Lorsqu'ils ont abattu assez d'arbres pour apporter la preuve de leur
205 exploit, ils débardent[24] les troncs à mains nues jusqu'à l'Euphrate et construisent un radeau. Puis, ils descendent le fleuve en direction d'Ourouk où la gloire les attend.

Plaquette fragmentaire figurant le meurtre du démon Houmbaba. Terre cuite, 4,7 x 6,5 cm, vers 2000 av. J.-C., site de Senkereh. Paris, musée du Louvre.

23. **Pays-des-Ombres :** royaume des Morts.
24. **Débardent :** déchargent.

QUESTIONS SUR LE TEXTE 3

AI-JE BIEN LU ?

1 Pourquoi Gilgamesh propose-t-il à Enkidou de partir pour accomplir un exploit ? Dans quel pays arrivent-ils ?

2 **a.** Quel adversaire affrontent-ils ? Dans quel but ?
b. Enkidou est-il dans un premier temps d'accord pour affronter cet adversaire ? Pourquoi ?

3 Qui gagne le combat ? Avec l'aide de qui ?

4 Après le combat, que font les deux héros ?

J'ANALYSE LE TEXTE

Le cadre : la forêt

> La **personnification** est une figure de style consistant à attribuer des caractères humains à un animal ou un être inanimé.

5 Relevez, dans les lignes 1-2, 15-17 et 22-28 les termes qui montrent que la forêt est personnifiée.

> La **comparaison** rapproche deux éléments à l'aide d'un outil de comparaison (comme). Ex : Le lac brille comme un miroir. La **métaphore** n'utilise pas d'outil. Ex : Le lac est un miroir.

6 **a.** « C'est un pelage épais comme une cuirasse » (l. 8-9) : relevez la comparaison et la métaphore. Quelle image donnent-elles de la forêt ?
b. À quoi les arbres sont-ils comparés (l. 24-25) ?

Le combat épique

— **L'adversaire : Houmbaba**

> L'**épopée** comporte des récits de combat avec des adversaires hors du commun.

7 **a.** Sous quel aspect Houmbaba surgit-il d'abord (l. 70-93) ?
b. Quel est l'aspect de son corps (l. 94-95) ?

8 Pourquoi est-ce un adversaire redoutable ? Appuyez-vous :
– sur ce qu'en dit Enkidou (l. 38-47)
– sur les deux comparaisons des lignes 127-134.

▬ Le combat épique

> L'épopée comporte des récits de combat hors du commun et d'une extrême violence : les héros affrontent des adversaires redoutables. Les dieux et les forces de la nature interviennent dans ces combats qui revêtent un caractère merveilleux.

9 **a.** Quelles sont les différentes étapes du combat (l. 96-152) ?
b. Relevez les verbes d'action et le vocabulaire de la violence.

10 Quel dieu intervient pour aider Gilgamesh et Enkidou ? De quelle façon (l. 130-149) ?

11 Quel est le rôle d'Enkidou dans le combat ?

▬ L'issue du combat

12 Quel effet la chute du monstre produit-elle sur la Forêt ?

13 **a.** Pour garder la vie sauve, quelle proposition Houmbaba fait-il à Gilgamesh ?
b. Celui-ci accepte-t-il ?

Le thème de l'amitié

14 Relisez ce que dit Gilgamesh de l'amitié (l. 60-66 et 184-188) : comment l'amitié naît-elle ? Comment se cultive-t-elle ? Quels sentiments procure-t-elle ?

Je formule mes impressions

15 « L'amitié ne se décide pas, répond Gilgamesh. Elle s'installe d'elle-même dans les cœurs » : êtes-vous d'accord avec Gilgamesh ? Selon vous, comment naît une amitié ?

QUESTIONS SUR LE TEXTE 3

16 Quelle malédiction Houmbaba prononce-t-il contre Enkidou et Gilgamesh ? Quel destin entrevoyez-vous pour les deux héros ? Seront-ils, selon vous, toujours les plus forts ?

J'ÉTUDIE LA LANGUE

Grammaire : les fonctions grammaticales
....

17 Identifiez les fonctions du mot « ami » dans les phrases qui suivent : sujet, COD, COI, attribut du sujet, complément circonstanciel d'accompagnement, complément du nom.
a. J'ai connu ma meilleure amie en CM2. **b.** Il est bon de pouvoir se confier à un ami. **c.** Je suis allé au cinéma avec mes amis. **d.** Les amis de mes amis sont mes amis.

J'ÉCRIS

Raconter une expérience personnelle
....

18 Vous avez un(e) ami(e). Comment l'avez-vous connu(e) ? Que lui apportez-vous ? Que vous apporte-t-il (elle) ? Que représente pour vous cette amitié ?

> CONSIGNES D'ÉCRITURE
> – Écrivez le texte à la première personne.
> – Racontez votre rencontre.
> – Exprimez les sentiments que vous ressentez.

POUR ALLER PLUS LOIN

Enquêter sur les cèdres du Liban
....

19 Faites une recherche sur les cèdres du Liban (description, feuillage, hauteur, qualité et utilisation du bois). Cherchez une ou deux photographies pour illustrer votre recherche.

« Le Taureau Céleste arrive à Ourouk ! »

Résumé du chapitre 8

*Gilgamesh et Enkidou reviennent couverts de gloire à Ourouk.
Ishtar, la déesse de l'amour et de la guerre, apparaît à Gilgamesh.
Elle lui dit qu'elle est tombée amoureuse de lui lorsqu'elle l'a vu
combattre dans la Forêt des Cèdres, et lui demande de l'épouser.
En échange, elle lui offrira toutes les richesses... Mais Gilgamesh
reste insensible à ses avances. Il lui présente la liste de tous les
hommes qu'elle a aimés et dont elle s'est vite lassée. Il refuse d'être
sa « prochaine proie ». Ishtar, furieuse, humiliée, s'en va en criant
à Gilgamesh qu'il le regrettera...*

Chapitre 9

Ishtar ne rentre pas chez elle. Elle va directement se
plaindre au chef, Anou[1], qui l'attend. Il a tout vu, évidemment et, au claquement de la porte de son temple, s'apprête à recevoir une furie.

5 « Anou, ne fais pas semblant ! Tu l'as vu, tu l'as entendu !
Est-ce qu'on va supporter encore longtemps de se faire
insulter ?

– Est-ce que tu avais besoin d'aller te frotter à lui, aussi ?
Tu le connais, non !

---

1. Anou : dieu du Ciel.

10 – C'est ça, trouve-lui des excuses ! Dis tout de suite qu'il a raison ! »

Anou, depuis longtemps, s'est retiré des affaires. Il a confié à son fils Enlil le quotidien du pouvoir, la gestion. Il demeure donc comme un patriarche[2]. Une sorte de souve-
15 nir des temps anciens. On respecte son œuvre passée et, de temps en temps, on aime solliciter[3] son conseil. Il reçoit tous les dieux qui lui demandent audience. Mais, si la plupart des visiteurs sont accommodants[4], il en est d'autres qui l'épuisent. Ishtar est la pire. Une scie !
20 Toujours prête à en découdre[5].

« Éa, paraît-il, avait inventé un nouveau prototype[6]. On allait voir ce qu'on allait voir. Avec lui, Gilgamesh serait bien contraint de baisser d'un ton ! Le résultat est éloquent[7] : Houmbaba, massacré ! La Forêt des Cèdres,
25 fauchée par Gilgamesh et Enkidou ! Merci, Éa ! Ils font la paire, ces deux-là. Copains comme cochons ! Un jour, tu verras, ils revendiqueront[8] le droit de siéger dans notre assemblée, de posséder un culte, avec des temples, par-dessus le marché !

30 – Ishtar, tu exagères ! On n'en est pas là et tu le sais très bien ! Tu es fatigante de toujours crier au loup[9] !...

– Je te dis qu'il faut leur porter un coup d'arrêt, leur faire sentir la loi, pour qu'ils n'en franchissent plus les limites !

---

2. Patriarche : vieillard respecté de tous.
3. Solliciter : demander.
4. Accommodants : qui s'adaptent facilement.
5. En découdre : se battre.
6. Prototype : premier exemplaire d'une production.
7. Éloquent : parle de lui-même.
8. Revendiqueront : demanderont.
9. Crier au loup : avertir d'un danger, parfois de manière excessive.

Et je ne vois qu'un moyen... le Taureau Céleste !

35 – Tu es folle !

– Le Taureau Céleste ! Donne-le-moi ! »

Anou soupire et fait la sourde oreille.

« Si tu refuses, c'est bien simple, je descends aux Enfers, j'abats les sept murailles, je rends la liberté aux morts et je
40 leur dis : "Allez, allez petits, remontez sur la terre ! Allez, allez petits, montrez-vous aux vivants, dévorez-les, soyez prospères[10] !" Tu sais ce que cela signifie, Anou. Et tu sais que je ne renoncerai pas. »

Oui, Anou sait qu'elle est capable de tout pour avoir
45 le dernier mot. Si elle passe à l'acte, il sait que la mort va remplacer la vie, que le pays va s'arrêter, que les champs ne seront plus cultivés. Alors, si les dieux veulent manger, ils devront travailler, comme avant la création des hommes. Bêcher leur lopin[11], ensemencer, récolter, faire la cuisine...
50 Quel bazar encore une fois ! Anou préfère ne pas y penser.

« Bon ! dit-il. Admettons que je te donne le Taureau. Tu sais à quoi tu exposes la ville ?

– Oui, à sept ans de famine.

– Alors, ne mets pas la charrue avant les bœufs !
55 Commence par envoyer l'abondance.

– Mais c'est déjà fait ! Les greniers sont pleins, les jarres[12], les fosses, les silos[13]. Tout déborde ! On ne sait plus où entreposer le fruit. »

Elle ment effrontément et Anou, bonne pâte, la croit sur
60 parole.

---

10. Prospères : riches.
11. Lopin : parcelle de terre.

12. Jarres : grands récipients en terre cuite.
13. Silos : réservoirs.

Alors, il lève le bras, enfonce sa main dans le ciel jusqu'à l'épaule et tâtonne dans l'obscurité du chaos[14]. Il saisit la queue d'une comète encore inachevée. C'est la longe[15] de la bête. Il tire. Le Taureau est bien là, qui résiste, encore
65 endormi. Il tire à nouveau, plus fort, et un mugissement rauque ébranle le plafond du ciel et fait vaciller les étoiles.

*

Une violente secousse réveille Ourouk. Cela ressemble au fracas du tonnerre, mais le ciel est clair. Tout tremble soudain et le calme revient.
70 Les gens se réveillent, se précipitent dans les rues, s'interrogent. Mais rien. Ils ont rêvé sans doute.

Plus tard cependant, au creux de la matinée, une autre secousse tonne à nouveau. C'est le sol. Une poigne a saisi la ville comme une botte de joncs[16] et tire pour l'arracher.
75 Un dieu est en colère. Pourvu qu'il ne s'agisse pas d'Ereshkigal, la reine des Enfers.

Une rumeur se répand bientôt. La terre s'est ouverte dans le quartier des potiers. Un gouffre. Cent maisons, avec leurs habitants, ont disparu. Et dès que la nouvelle a
80 fait le tour de la ville, la grande colère récidive[17].

Elle frappe dans le quartier des pêcheurs. Une nouvelle faille[18] avale cent autres maisons, sans compter les gens et les étangs. Et dans celui des forgerons, cent autres encore.

---

14. L'obscurité du chaos : l'univers primitif.
15. Longe : corde qui sert à attacher un animal.
16. Jonc : plante à tige flexible qui pousse dans l'eau.
17. Récidive : recommence.
18. Faille : fracture de l'écorce terrestre.

La force frappe au hasard, procède par sondages[19]. Elle est
85 lancée sur une piste, dirait-on. Elle cherche.

Gilgamesh et Enkidou sortent du palais. Ils ont entendu,
eux aussi. Ils savent.

Alors, la voix dans la terre recommence à hurler. Le sol
se fend. Une fissure traverse la place, file en direction des
90 deux hommes. Gilgamesh l'aperçoit. Il prévient Enkidou.
Trop tard ! Une gueule gigantesque bâille devant le palais
du roi. Enkidou est cueilli. Mais il a eu le temps de se jeter
sur le côté. Suspendu à un bord, les pieds dans le vide, il
parvient à se rétablir et reprend pied à la surface.

95 C'est alors que, du gouffre béant[20], surgit une montagne
qui élargit l'ouverture et transforme les résidences des
nobles, voisines du palais, en un champ de tessons[21].

Une forme lourde encombre la crevasse. Elle s'annonce
avec un mugissement de mort qui recouvre la ville comme
100 une nuée d'orage. Puis elle extirpe[22] sa tête encore enfouie
et dresse son mufle noir de nuit et ses cornes en croissant
de lune, tranchantes comme des faucilles.

Le Taureau Céleste arrive à Ourouk !

Il voit Gilgamesh et Enkidou. Ceux qu'il cherche. Il
105 pousse une plainte semblable à un soupir de plaisir.

Gilgamesh comprend tout.

« C'est signé Ishtar ! » dit-il à Enkidou.

Il tire son épée.

---

19. Sondages : explorations méthodiques.
20. Béant : ouvert.
21. Tessons : débris de poteries.
22. Extirpe : fait sortir avec difficulté.

« Pas de quartier[23], ma belle ! »

110   Et il fonce vers le fauve, Enkidou sur ses talons.

Le Taureau n'a pas besoin qu'on l'excite. Quand il voit ces deux mouches voler vers lui, il s'ébranle. Fureur contre fureur. Son galop fait gémir la place et le choc est épouvantable pour les deux hommes. Ils sont projetés dans
115 la poussière et se relèvent ensanglantés. À ce jeu, ils y laisseront la vie. L'animal est tout en puissance. Il faut ruser. Alors, ils décident de s'enfuir pour l'attirer dans le dédale[24] des ruelles étroites de la ville. C'est ainsi qu'ils auront raison de lui.

120   Le monstre les voit s'échapper. Il les pourchasse et donne dans le piège.

Le chaos gronde à nouveau et les ruines s'entassent sur les ruines. Le prix à payer pour venir à bout de la bête ! Gilgamesh le sait. Le temps viendra de reconstruire. Pour
125 l'heure, c'est la désolation qui parle.

Les deux fuyards débouchent bientôt dans une impasse[25]. Calcul ! Gilgamesh reste seul et attend face au Taureau, pendant qu'Enkidou grimpe sur une terrasse au-dessus de la rue. Le fauve arrive devant Gilgamesh qui
130 le provoque. Il fonce pour l'encorner.

Alors Enkidou saute derrière lui, lui saisit la queue et tire comme s'il voulait l'arracher, pour le freiner.

Le Taureau se retourne et Gilgamesh, à l'affût de sa première faute, plonge entre ses pattes, se glisse sous lui
135 et lui enfonce son épée dans le cœur.

---

23. Pas de quartier : pas de pitié.
24. Dédale : labyrinthe.
25. Impasse : voie sans issue.

Taureau androcéphale aux yeux incrustés d'ivoire (détail) provenant de Tell Brak, Mésopotamie, Syrie, 3ᵉ millénaire av. J.-C., 28 x 42 x 17 cm ; calcaire et ivoire.

L'animal est pris. Il se débat, mais son sang creuse déjà le lit d'un ruisseau au milieu de la ruelle. Il sait qu'il va mourir. Il fixe d'un regard vide ces deux hommes qui ont eu raison de lui. Il éructe[26], comme pour les blesser de
140 son souffle. Sa bave macule[27] son poitrail[28] et se mélange à son sang qui s'écoule. Il se laisse tomber sur le flanc. La terre frémit encore sous son poids et il pousse un dernier rugissement.

Il ne retournera jamais dans les étoiles. Les dieux sont
145 avertis.

Le Taureau vient juste d'expirer. Déjà, d'autres cris prennent le relais. Des pleurs et des lamentations de femmes. C'est Ishtar, sur la terrasse de son temple, entourée de toutes ses prêtresses. Elle se désespère de la dispa-
150 rition de son favori.

« Ishtar ! gronde Gilgamesh, fou de colère. Tu aurais mieux fait de ne pas te montrer ! »

Il saisit une patte de la bête, Enkidou une autre, et, leur force décuplée[29] par la fureur, remorquent la dépouille de
155 leur victime, pour l'offrir à celle qui avait commandité[30] leur assassinat.

« Ishtar ! On t'apporte ton Champion ! Regarde ce qu'il en reste ! »

À la vue du cadavre, les femmes se frappent les cuisses
160 de rage, se mordent les lèvres de dépit, se griffent la

---

26. **Éructe :** fait un renvoi bruyant.
27. **Macule :** tache.
28. **Poitrail :** devant du corps.
29. **Décuplée :** rendue dix fois plus grande.
30. **Commandité :** demandé.

bouche comme des pauvresses abandonnées de tous. Et, pour pimenter leur chagrin, Enkidou tranche une cuisse de l'animal et la lance en direction de la terrasse.

Les belles s'enfuient épouvantées, pendant que Gilgamesh, dopé par la victoire, jette une dernière fois son arrogance[31] à la face de la déesse.

« Si tu étais tombée entre nos mains, Ishtar, c'est toi qui serais affalée dans la poussière ! »

Après quoi, ils s'en vont triompher dans les rues, se faire applaudir en libérateurs.

« Après Houmbaba et la Forêt des Cèdres, ils ont couché le Taureau Céleste !

– Ils sont invincibles !

– Gloire à Gilgamesh ! Gloire à Enkidou son ami ! »

Portés par les vivats[32], accompagnés par la foule, ils descendent jusqu'à l'Euphrate. Ils se baignent longtemps dans ses eaux. Ils s'y purifient de la folie qui les habite pour que le fleuve la prenne et l'emporte se dissoudre dans la mer.

---

31. Arrogance : insolence méprisante.
32. Vivats : acclamations.

QUESTIONS SUR L'EXTRAIT 4

AI-JE BIEN LU ?

1 a. Rappelez qui est Ishtar.
b. Pourquoi est-elle en colère contre Gilgamesh ?
2 a. Quel adversaire redoutable souhaite-t-elle lui envoyer ?
c. À quel dieu en fait-elle la demande ?
3 a. Où l'affrontement a-t-il lieu ?
b. Qui en sort vainqueur ?

J'ANALYSE LE TEXTE

Le monde des dieux : Ishtar et Anou

....

4 Pourquoi Anou hésite-t-il à donner le Taureau Céleste à Ishtar ?

> Faire du chantage, c'est tenter d'extorquer quelque chose à quelqu'un (de l'argent ou une faveur) en usant d'une menace.

5 De quoi Ishtar menace-t-elle Anou s'il oppose un refus à sa demande (l. 38-43) ?
6 a. À quel propos la déesse ment-elle ?
b. Anou la croit-il ? Que fait-il alors ?

La mise en place de l'action : le Taureau dans la ville

....

7 a. Où le Taureau Céleste réside-t-il ?
b. À quel moment sort-il de son sommeil ?
8 a. Quels dégâts cause-t-il dans la ville ? Relevez, dans les lignes 67-97, le champ lexical du bruit et celui de la destruction.
b. Quelle comparaison souligne la force destructrice du taureau ?

L'exploit épique

— Les forces en présence

9 Relevez les expressions et comparaisons qui décrivent le Taureau Céleste (l. 98-102). Quelle image vous faites-vous de l'animal ?

10 « Quand il voit ces deux mouches voler vers lui » (l. 111-112) : qui la métaphore « ces deux mouches » désigne-t-elle ? Justifiez le choix de cette expression.

— L'affrontement et l'issue du combat

11 Qui a le dessus au début du combat ? Citez le texte.

12 De quelle façon les deux héros viennent-ils à bout du monstre ? De quelle qualité font-ils preuve ?

> L'épopée amplifie la réalité, de manière à la rendre spectaculaire et terrifiante.

13 Quelles expressions créent un effet d'amplification et montrent que l'être qui meurt est hors du commun (l. 136-143) ?

La fin de l'épisode

14 Comment Ishtar et son entourage réagissent-ils à la mort du taureau ?

15 Quel acte de provocation Gilgamesh et Enkidou accomplissent-ils envers la déesse ?

16 Quelle est la réaction des habitants d'Ourouk ?

17 Pourquoi les deux héros se baignent-ils dans l'Euphrate ?

Je formule mes impressions

18 Pensez-vous que Gilgamesh et Enkidou ont eu tort de provoquer Ishtar après leur victoire ?

QUESTIONS SUR L'EXTRAIT 4

J'ÉTUDIE LA LANGUE

Vocabulaire : le préfixe et le suffixe

19 « Ils sont invincibles ! » (l. 173)

a. Décomposez le mot (préfixe, radical, suffixe) et donnez son sens.

b. Qu'en déduisez-vous sur le sens du préfixe et le sens du suffixe ?

20 Trouvez les adjectifs de même formation (même préfixe, même suffixe) correspondant aux définitions :

a. que l'on ne peut décrire.

b. que l'on ne peut prévoir.

c. que l'on ne peut lire.

d. que l'on ne peut fléchir (racine flex-).

e. que l'on ne peut admettre.

f. que l'on ne peut entendre (racine aud-).

g. que l'on ne peut éteindre (racine exting-).

Grammaire : exercice de réécriture

21 Réécrivez les phrases suivantes en imaginant que Gilgamesh vouvoie Ishtar.

a. « Ishtar » ! gronde Gilgamesh, fou de colère. Tu aurais mieux fait de ne pas te montrer ! » (l. 151-152)

b. « Ishtar ! On t'apporte ton Champion ! Regarde ce qu'il en reste ! » (l. 157-158)

c. « Si tu étais tombée entre nos mains, Ishtar, c'est toi qui serais affalée dans la poussière ! » (l. 167-168)

J'ÉCRIS

Imaginer un dialogue

22 Imaginez le dialogue entre Ishtar et Anou après l'épisode du Taureau Céleste.

CONSIGNES D'ÉCRITURE
– Ce dialogue fera écho au dialogue initial.
– Respectez la disposition typographique (changement d'interlocuteur indiqué par un tiret).
– Imaginez la colère d'Ishtar et ce que peut lui répondre Anou.

LE SAVIEZ-VOUS ?

Le dieu Taureau

Le taureau est présent dans toutes les grandes mythologies des régions de l'Orient et du Moyen-Orient. Associé aux orages et aux tempêtes, cet animal symbolise la force, l'énergie, la virilité, la fertilité.

EXTRAIT 5 LA MORT D'ENKIDOU

« Je ne t'oublierai pas, Enkidou »

Chapitre 10

C'en est trop pour les dieux, qui ne supportent plus les excès de Gilgamesh et d'Enkidou. Ils tiennent un conseil. Comment les punir ? Anou, son fils Enlil et Shamash discutent : Gilgamesh est roi et presque dieu, il serait lourd de conséquences de le faire mourir. Éa a trouvé une solution : pour punir Gilgamesh, il faut faire mourir son ami Enkidou, ce sera pour lui une terrible épreuve. Au même moment, Enkidou rêve que les dieux ont décidé sa mort.

[...] Enkidou a tout entendu. Un rêve l'a transporté dans la coulisse du Grand Conseil des dieux. Il se réveille en sursaut. Il suffoque, il étouffe. C'est le verdict des Immortels[1] et la maladie, déjà, s'installe en lui. Il la sent. Elle
5 l'échauffe et le ronge. Il entame une prière de conjuration[2] :

« Ô, puisse mon rêve monter au ciel, pareil à la fumée et s'y perdre. Puisse mon rêve, comme l'eau de l'averse, se mélanger à celle de la rivière... »

10 Soudain, il s'interrompt. Il revoit la détermination des dieux et se sent impuissant à les apitoyer. Il se lève, entre chez Gilgamesh, lui annonce la nouvelle.

« Enkidou va mourir ! »

---

1. Le verdict des Immortels : la décision des dieux.
2. Prière de conjuration : prière pour écarter le mal.

Puis, d'une traite, il lui raconte son cauchemar en détail.

« Où vois-tu, là, un mauvais présage ? lui répond Gilgamesh après l'avoir écouté. Ton rêve est bon. Il faut seulement le comprendre à l'envers. Tu ne vas pas mourir, tu vas vivre ! Voilà mon avis. Et si tu es malade, nous allons te soigner. Mais pour guérir, il faut que tu y mettes du tien. Ne t'abandonne pas. Ne te désespère pas. Le désespoir aplanit la route de la mort. Au contraire, dresse des obstacles devant elle, creuse des pièges. Lutte contre ton mal comme tu as lutté contre le mal Houmbaba ! Et oublie les palabres[3] des dieux, sur leurs sommets lointains. Tu es un homme. Tourne-toi vers ta vie d'homme. Souviens-toi de nos belles batailles ! Aucune n'était gagnée d'avance. Nous étions même donnés perdants. Et nous avons toujours vaincu, toi et moi, comme deux mulets indomptables, sous le même joug[4]. Nous avons étonné les dieux et nous les étonnerons encore. Allons ! Aie confiance ! »

Enkidou a foi en son ami. Ses paroles lui redonnent des forces et la fièvre s'apaise. Son corps lui échappait. Il le sent à nouveau à sa disposition, maître de lui, et il se lance à l'assaut de sa maladie, comme il s'est lancé à l'assaut du Taureau Céleste.

Gilgamesh ne le quitte pas. Mais cette fois, c'est lui qui marche le premier, comme Enkidou dans la steppe, sur la route de la Montagne des Cèdres. Il l'emmène en pèlerinage à Nippour, prier Enlil dans son temple. Au retour, ils font étape à Isin, la ville de Goula, la déesse guérisseuse.

---

3. Palabres : paroles.
4. Joug : attelage.

Puis ils consultent des médecins, des magiciens, des exorcistes. Gilgamesh ne veut rien négliger pour chasser les démons qui dévorent son ami, et Enkidou, docile, se prête à tous les traitements. Il applique cataplasmes[5] et
45 onguents[6]. Il avale infusions de plantes médicinales et poudre de pierre dissoute dans du sang de bœuf, porte des amulettes, récite des prières composées spécialement pour son mal.

Malgré ses efforts, la maladie empire. Enkidou se défait
50 comme une palissade de roseaux secouée par la tempête. Il doit s'aliter et ne quitte plus la chambre.

Une nuit, la douleur le réveille. Il se dresse sur sa couche, hagard[7], demi-conscient. Croyant laisser son mal derrière lui, il veut s'enfuir au loin. Il se lève, fait quelques
55 pas, voit le sol se dresser contre lui et s'écroule. A-t-il crié ? Il ne sait plus.

Dans le palais, on accourt. Des servantes avec des linges, des bassins, de l'eau fraîche. Et des médecins. Et Gilgamesh, premier à le relever.

60 « Enkidou, lui dit-il, tu es trop faible. Sois raisonnable, recouche-toi ! »

Enkidou regarde Gilgamesh, cherche un instant son nom puis, à nouveau conscient, secoue la tête avec impuissance et marmonne quelques mots :

65 « Steppe... Enkidou... retourner... »

Il se dresse vers le soleil levant, s'agrippe à Gilgamesh.

---

5. **Cataplasmes :** bouillies appliquées sur la partie du corps enflammée.
6. **Onguents :** crèmes que l'on applique sur la peau.
7. **Hagard :** l'air égaré.

« Enkidou... Pas un homme... »

Il songe à la steppe. Il l'espère. Il l'appelle sur son corps. Et la steppe qui l'a entendu jette sur lui son manteau aux
70   odeurs d'haleines fauves[8] et de lait caillé.

« Aigles, loups, hyènes, murmure son cœur épuisé, prenez le corps d'Enkidou. Nourrissez-vous de lui. Pluie, délave ce que les bêtes auront laissé. Soleil, blanchis les os d'Enkidou. Vent, réduis-les en poudre et disperse-les pour
75   qu'Enkidou se mélange à la terre. Alors, Enkidou s'offrira au sabot des gazelles... sera bercé par leur galop. »

Personne ne bouge, autour du malade. Chacun retient son souffle et Gilgamesh, dans ce silence de tous, entend son ami songer.

80   « Oui, lui promet-il. Tu retourneras dans la steppe, Enkidou. Je t'y emmènerai. Et dès aujourd'hui, je vais te construire un char spécial pour t'y transporter sans dommages[9]. Mais reprends un peu de forces. Dès que tu seras capable d'accomplir le voyage, nous nous mettrons
85   en route, toi et moi, comme aux jours de nos plus folles expéditions. »

Enkidou est apaisé. Gilgamesh l'enlève dans ses bras et le recouche. Il ferme les yeux, respire faiblement, et tous se retirent, laissant Gilgamesh seul à son chevet.

90   Shamash monte vers son zénith[10], mais déjà, la mort qui sent sa proie mûrir s'avance vers Enkidou pour le saisir. Des torches s'allument devant lui et guident ses pas vers

---

8. Haleines fauves : le souffle des bêtes sauvages de la steppe.
9. Dommages : souffrances.
10. Shamash... zénith : le dieu Soleil monte en haut du ciel (le Soleil est à son zénith à midi).

le Pays Obscur. Il franchit les six portes des six premiers remparts. Devant la septième, il est reçu par un démon.

95 Ses bras sont des pattes de lion et ses mains, des serres de rapace. Il attrape Enkidou. D'un coup de griffe, il fend son corps du haut jusqu'en bas, puis le suspend à un clou, comme un vieux vêtement inutile. Sous sa peau d'homme, Enkidou est un pigeon. Sa nouvelle apparence dans le

100 Royaume des Ombres qu'il découvre soudain.

C'est une immense ville souterraine dont les rues s'enchevêtrent devant lui, dans un dédale[11] infini. Du ciel plombé ne filtre aucune lueur, aucun espoir venu du haut. Partout, des maisons de terre qui s'effritent[12], des palais

105 qui s'éboulent[13], en soulevant des nuées suffocantes[14].

Les êtres qui demeurent ici ont tous quitté la vie. Enkidou reconnaît d'anciens puissants, des nobles, des prêtres, des artisans aussi, des esclaves... Tous, couverts de plumes, hagards et désœuvrés, attendent en regardant

110 passer l'éternité.

Les plus avantagés sont ceux dont la famille entretient la mémoire. De la surface, ils reçoivent de l'eau claire, de la nourriture fraîche. Les autres, les oubliés, les sans-famille, les soldats abandonnés sur le champ de bataille,

115 les femmes répudiées[15] par leur mari, ceux-là sont les délaissés du monde d'En-bas. Nulle compassion[16] pour

---

11. Dédale : labyrinthe.
12. S'effritent : tombent en poussière.
13. S'éboulent : tombent par morceaux.
14. Nuées suffocantes : nuages de poussières étouffants.
15. Répudiées : chassées.
16. Compassion : pitié.

eux. Ils picorent l'humus[17], pataugent dans la boue, se querellent pour une épluchure.

En les voyant, Enkidou comprend que l'oubli est une seconde mort et que le souvenir est l'arme ultime des vivants pour empêcher les défunts de disparaître à tout jamais.

Il songe à Gilgamesh. Il le voit endormi à la tête de son lit, vaincu par la fatigue. Il veut le secouer, l'avertir. Mais, c'est vrai, son corps lui a été repris. Il n'a plus aucun pouvoir sur lui. Il n'est plus libre que de ses pensées. Alors, il rassemble ce qu'il lui reste de forces dans le cœur et forme une lumineuse intention d'amour qu'il dirige en direction de son ami.

« N'oublie pas Enkidou... »

Il brûle ainsi sa toute dernière lueur de vie, avant la nuit totale.

Une femme apparaît alors. Majestueuse et sévère, c'est la reine des Enfers, Ereshkigal, maîtresse des destins.

Elle tient la tablette d'Enkidou, la lit, puis avec un sourire à son visiteur, la réduit en motte dans sa main, comme on chiffonne une vieille étoffe de lin.

Enkidou est mort.

Chapitre 11

Un bruit de froissement fait sursauter Gilgamesh. Comme si Enkidou se retournait sur son lit pour l'appeler.

---

17. **Humus** : la terre.

« JE T'AI FAIT COUCHER DANS UN GRAND LIT D'APPARAT, LES PRINCES DE TOUT LE PAYS ONT EMBRASSÉ TES PIEDS. »

Vignette extraite de la bande dessinée *Gilgamesh*, tome 1, «Le Tyran»,
de Gwen de Bonneval et Frantz Duchazeau (© Dargaud, 2015).

« Enkidou !... Quel rêve horrible ! Tu étais prisonnier du monde d'En-bas, transformé en pigeon et tu battais des ailes pour attirer mon attention. Je suis là, rassure-toi. Je m'étais juste assoupi. Pardon. »

145 Mais Enkidou dort sans un souffle et son œil ne frémit plus sous la paupière.

« Enkidou ! s'écrie Gilgamesh, l'angoisse au cœur. Réponds ! »

Il le secoue avec douceur. Mais son corps, lourd, se prête
150 au mouvement et reprend sa place, mollement. Gilgamesh comprend.

« Ainsi tu es parti, Enkidou... sans me prévenir... Pourquoi ? Je ne me suis absenté qu'un instant et tu en as profité pour franchir ta haie de clôture. Pourquoi ? Nous

155 avons bataillé si souvent côte à côte, pourquoi dans ce combat, avoir quitté ton poste ? Dis, pourquoi ? »

Il le prend dans ses bras, poitrine contre poitrine, soutient sa tête qui tombe et continue de lui parler comme si son ami allait finir par lui répondre.

160 « Je ne te fais pas reproche d'avoir déserté, mais j'avais encore des forces pour lutter, si tu n'en avais plus. Je les aurais partagées avec toi, économisées et nous aurions pu tenir encore. Je m'apprêtais à te porter dans la steppe où les gazelles s'ennuient de toi. Les gazelles, Enkidou.
165 Souviens-toi... Oh, reviens et je t'offrirai des gazelles par milliers... »

Il parle à son visage, bouche à bouche. Par le souffle des mots, il s'efforce d'alimenter sa poitrine pour remettre en mouvement la mécanique de la vie.

170 « Je ne t'oublierai pas, Enkidou, aie confiance. Et pourtant, au début, je te l'avoue, je ne voulais que ta perte. Mais c'est toi qui m'as conquis. Par la fraîcheur de tes yeux clairs où je voyais briller les étoiles ; par la souplesse de ton pas où je voyais chasser le lion et la panthère ; par l'ampleur de
175 tes gestes qui écrivaient des poèmes dans le vent.

« Je ne t'oublierai pas, Enkidou, sois tranquille. Je ferai sculpter des statues de toi, dans la diorite[18], l'albâtre[19], le cèdre imputrescible[20]. Je les planterai à toutes les portes de mon royaume, afin que nul voyageur, en arrivant,
180 n'ignore qui tu étais. Je dicterai ta vie à mes scribes. Ils la

---

18. Diorite : pierre dure de couleur sombre.
19. Albâtre : pierre blanche.
20. Imputrescible : qui ne pourrit pas.

recopieront à l'infini pour qu'elle se raconte, à travers tout le monde habité.

« Je ne t'oublierai pas, Enkidou. Ni moi ni personne. Tu restes parmi nous. Tu continues de nourrir nos pensées, 185 nos regards sur le monde. Chacun, devant la brume de l'aube, dira : "Regardez, Enkidou s'éveille. Il respire." Chacun, devant les ondulations de l'orge sous le soleil, dira : "Enkidou est heureux, il frissonne de joie." Et chacun, au bivouac[21], devant la fumée des feux qui monte 190 droit, dira : "Faites silence ! Enkidou songe. Ne troublez pas sa rêverie." »

« Enkidou... mon ami... je t'aime tant. »

Lorsque les gens du palais arrivent, bien plus tard, pour prendre des nouvelles, ils les découvrent serrés l'un 195 contre l'autre, mort et vivant réunis. Ils n'osent faire un geste, dire un mot, et ils attendent en pleurant doucement.

La journée passe ainsi et, aux premières buées de la nuit, une plainte déchirée s'élève du palais et plane long-200 temps sur la ville. Dans les quartiers, on l'entend. On comprend.

« Enkidou est mort et Gilgamesh le pleure. »

Et chacun s'habille d'un vêtement rouge, couleur du deuil, puis laisse éclater son chagrin, à l'unisson de[22] 205 son roi.

Les funérailles ont lieu le lendemain.

---

21. **Bivouac :** campement.
22. **À l'unisson de :** en complète union avec.

Emboîté dans deux grandes jarres d'argile, Enkidou est enfoui sous le rempart, à la limite de la ville et des champs infinis. Moitié à la steppe, moitié à la cité. Tel dans la mort que dans la vie.

Gilgamesh, entre ses mains serrées, a glissé une corne de gazelle. [...]

Résumé de la fin du chapitre 11 et du chapitre 12

Gilgamesh erre à travers le palais, pleurant son ami ; le moindre objet qu'il a touché lui parle de lui. Ne sachant plus que faire, il se rend dans la steppe pour essayer d'y retrouver son image, mais seule lui revient la vision horrible de son ami mort, le visage froid et dur... Une peur immense s'empare alors de lui, celle de sa propre mort... Gilgamesh se dit qu'il doit bien y avoir un moyen d'échapper à la mort. Il se souvient alors avoir entendu parler d'un homme à qui les dieux ont offert l'immortalité, un certain Outa-napishti qui vit à l'extrême bout du monde. Le voilà parti, en quête de son secret...

QUESTIONS SUR L'EXTRAIT 5

AI-JE BIEN LU ?

1 Pourquoi les dieux ont-ils décidé de faire mourir Gilgamesh ?

2 Que font Gilgamesh et Enkidou pour essayer de venir à bout de la maladie (l. 36-48) ?

3 Qu'est-ce qui manque le plus à Enkidou ?

4 **a.** Dans quel lieu Enkidou est-il conduit après sa mort ?

b. En quel animal lui et les autres morts se sont-ils transformés ?

5 Quel est l'état intérieur de Gilgamesh après la disparition de son ami ?

J'ANALYSE LE TEXTE

Enkidou face à la maladie

6 « Enkidou se défait comme une palissade de roseaux secouée par la tempête » (l. 49-50) : à quoi Enkidou, puis la maladie, sont-ils comparés ?

7 **a.** Comment se manifeste l'amour qui lie Enkidou à la steppe et aux gazelles (l. 71-76) ?

b. Quelle métaphore montre que la steppe l'a entendu (l. 68-70) ?

Enkidou au Royaume des Morts

8 **a.** Quel est l'aspect du démon qui reçoit Enkidou dans le Royaume des morts ?

b. Que fait-il d'Enkidou (l. 96-98) ?

9 Comment le Royaume des morts se présente-t-il (l. 101-105) ?

10 **a.** Qui est la reine des Enfers ?

b. Qu'est-ce que cette « tablette de vie » évoquée l. 135 ? Comment expliquez-vous le geste de la reine des Enfers ?

11 Que font les morts sous terre ? Qui sont « les plus avantagés » ?

Le merveilleux épique : les rêves

> Les apparitions, rêves, miracles, interventions de divinités sont des composantes du merveilleux épique.

12 **a.** Quel rêve Enkidou fait-il avant de tomber malade ?
b. Quel rêve Gilgamesh a-t-il fait au moment où Enkidou est mort ?
c. Quel est le sens de ces rêves ?

La force de l'amitié

13 Par quelles paroles Gilgamesh redonne-t-il des forces à son ami (l. 15-35) ?

14 Quel message ultime Enkidou veut-il transmettre à Gilgamesh (l. 123-132) ? Relevez une expression qui montre la force du sentiment qui le lie à son ami.

La perte de l'ami

> Le thème de la mort de l'ami se retrouve souvent dans les épopées : dans l'*Iliade* d'Homère, la mort de Patrocle plonge Achille dans la douleur.
> L'épopée comporte des moments pathétiques (particulièrement émouvants) : avec la disparition de son ami Enkidou, Gilgamesh fait l'expérience de la douleur.

15 **a.** Comment Gilgamesh comprend-il que son ami n'est plus ?
b. Quels gestes désespérés fait-il (l. 157-159) ? Dans quel but ?

16 **a.** Quels sentiments Gilgamesh éprouve-t-il ? Par quel type de phrase les exprime-t-il (l. 152-156) ?
b. « Je ne t'oublierai pas, Enkidou » : combien de fois Gilgamesh répète-t-il cette phrase ?
c. Relevez les verbes au futur (l. 176-182). Quels sont les projets de Gilgamesh ?

QUESTIONS SUR L'EXTRAIT 5

Les symboles

17 **a.** Dans quel emplacement la sépulture d'Enkidou se trouve-t-elle ? Que symbolise ce lieu ?

b. Quel objet Gilgamesh a-t-il mis entre les mains d'Enkidou ? Pourquoi ?

Je formule mes impressions

18 « L'oubli est une seconde mort » : comment comprenez-vous cette phrase ? Pensez-vous que l'oubli fait disparaître les êtres à tout jamais ?

J'ÉTUDIE LA LANGUE

Conjugaison : le mode impératif

19 Relevez les verbes à l'impératif des lignes 20 à 26. Pourquoi Gilgamesh utilise-t-il ce mode ?

20 Mettez à l'impératif présent les expressions suivantes (à la seconde personne du singulier et aux première et deuxième personnes du pluriel).

a. être courageux.

b. ne pas avoir peur.

c. se réveiller.

d. ne pas partir.

e. ne pas se désespérer.

f. promettre.

J'ÉCRIS

Écrire le récit d'une expérience

....

21 Vous avez vécu la fin d'une amitié, ou vous avez été séparé d'un(e) ami(e) par la distance. Racontez.

CONSIGNES D'ÉCRITURE
– Précisez les liens qui vous unissaient à votre ami(e).
– Racontez dans quelles circonstances vous vous êtes quitté(e)s ou séparé(e)s.
– En cas d'éloignement, dites si vous avez pu maintenir des liens.
– Exprimez vos sentiments.
– Menez le récit à la première personne.

LE SAVIEZ-VOUS ?

Les rêves dans les civilisations antiques

....

Dans les civilisations antiques, les rêves étaient considérés comme prémonitoires, c'est-à-dire qu'ils avertissaient d'un événement à venir.

Dans l'*Épopée de Gilgamesh*, un certain nombre d'actions sont annoncées par des rêves : par exemple, Gilgamesh est prévenu par un rêve de l'arrivée d'Enkidou ou encore de la victoire contre Houmbaba ; Enkidou apprend qu'il va mourir ; Gilgamesh rêve que son ami est mort... Le rêve est conçu comme une forme de communication avec le divin ; son sens est souvent mystérieux et il convient de l'interpréter.

« J'ai décidé d'aller chercher la vie-sans-fin. »

Résumé : *Gilgamesh se dirige donc vers le bout du monde et commence un long voyage périlleux : il doit faire face à la fatigue, à la faim, au sommeil, affronter ours, lions et panthères ; il se revêt de peaux de bêtes et de fourrures... Enfin, il arrive au pied des Monts-Jumeaux, deux montagnes noires qui touchent le Ciel et entre lesquelles s'étend un étroit tunnel. C'est par là que le Soleil passe tous les matins pour aller éclairer la Terre. Deux Hommes-Scorpions, mâle et femelle, en gardent l'entrée. Quand ils reconnaissent Gilgamesh, ils lui permettent de pénétrer dans le tunnel mais ils le préviennent : « C'est une épreuve. Cent mille pas dans l'obscurité de ta vie. Et cent mille de tes plus noires pensées pour compagnes ! » (ch. 13)*
Gilgamesh avance dans l'obscurité ; il croit voir surgir devant lui le Taureau Céleste, puis Houmbaba. Il se rappelle la violence des combats. Au bout de douze heures de marche, il aperçoit une lueur, sent de l'air frais et perd conscience... (début du ch. 14)

Chapitre 14

[...] Longtemps après, il ouvre les yeux. Son corps fourmille de fatigue et une lumière étrange l'entoure. Elle chauffe sans brûler et enveloppe ses membres. Elle chatoie[1] et, sous sa caresse, ses douleurs fondent.

---

1. Chatoie : brille avec différents reflets.

5   Il veut se redresser, voir les lieux, faire quelques pas.
Mais une volonté plus forte le maintient immobile.

Une musique lui parvient. Un tintement. Comme de
minuscules cloches de bronze. Ou la lumière elle-même.
Oui ! La lumière qui ondule sous la brise.

10   Il parvient à s'asseoir et se découvre au milieu d'un
verger[2], planté à perte de vue d'arbres fruitiers. Mais quels
arbres ! Tous couverts d'une magnifique récolte de pierres
fines. Ce sont elles, en filtrant la lumière, qui le baignent
de leur douceur. Elles qui réparent ses blessures.

15   Gilgamesh se lève alors et s'avance vers les arbres, va
de l'un à l'autre en s'émerveillant, effleure les feuillages,
soupèse les fruits, hume[3], goûte.

Cet arbre porte des grenats[4]. Celui-ci est couvert
d'agates[5] dont les rires amusent tout le verger. Là, de la
20   diorite[6], franche et fidèle. Plus loin, un bouquet d'ambres[7]
l'attire et il reçoit comme une averse, leur lumière dorée.
Il traverse un buisson de cornalines[8], salue des albâtres[9],
pleins de sérénité[10], reconnaît encore des jaspes[11] rouges,
une calcédoine[12], des serpentines[13], une marcassite[14] fière

---

2. **Verger :** terrain planté d'arbres fruitiers.
3. **Hume :** respire.
4. **Grenats :** pierres fines de couleur rouge foncé.
5. **Agates :** verres d'apparence marbrée.
6. **Diorite :** pierre dure de couleur noire.
7. **Ambres :** pierres ayant un reflet jaune doré.
8. **Cornalines :** pierres translucides rouges.
9. **Albâtres :** pierres blanches.
10. **Sérénité :** paix.
11. **Jaspes :** pierres rouges présentant des bandes diversement colorées.
12. **Calcédoine :** pierre de même nature que l'agate.
13. **Serpentines :** pierres vertes.
14. **Marcassite :** pierre d'éclat métallique.

Sceau cylindre : présentation du dieu Shamash, époque d'Agadé
(vers 2350-2200 av. J.-C.), Mésopotamie. Paris, musée du Louvre.

25 de sa pureté, une majestueuse lazulite[15], des calcaires blancs dociles, des basaltes[16]...

Cette promenade le métamorphose. Il n'est plus le même. Des pensées lui viennent à l'esprit : souvenirs oubliés, amis lointains... Ce Jardin-des-Arbres-à-
30 Gemmes[17] ne lui est pas étranger. Il le connaît. Il l'a déjà parcouru. Mais quand ?

La question lui donne le frisson et les arbres, à l'unisson, frissonnent avec lui.

Il répète :

35 « Quand ? »

Et la même onde les électrise, les arbres et lui, comme s'ils n'étaient qu'un seul être vivant. Une réponse l'effleure, mais il n'ose pas l'entendre.

« Parle ! » l'encourage une voix amie.

40 C'est Shamash[18]. Shamash qui n'a pas voulu se manifester lorsqu'il était dans l'épreuve du noir et qui se montre.

« Parle ! Tu sais ! »

Et Gilgamesh répond, comme si en lui, un autre prenait la parole.

45 « Le défilé des Monts-Jumeaux, c'était moi. J'ai accepté d'en boire toute la lie[19]. Ce jardin, ces arbres, cette récolte, c'est encore moi et ils m'offrent un festin de lumière.

– Oui, poursuit Shamash. Toi, tel que tu étais au premier matin de ta vie. Tel que tu t'es oublié. Tel que tu
50 es demeuré sous les salissures.

---

15. Lazulite : pierre bleue.
16. Basaltes : pierres volcaniques noires.
17. Gemmes : pierres précieuses.
18. Shamash : dieu du Soleil.
19. Lie : dépôt qui se forme au fond d'un liquide. **Boire la lie :** boire le plus mauvais.

– Alors, je suis arrivé, Shamash ! Dis, la vie-sans-fin, je l'ai trouvée ! »

Shamash se tait et Gilgamesh, à ce silence, comprend qu'il n'a parcouru qu'une étape de plus. Il est déçu et sa déception, aussitôt, ternit l'éclat de ses arbres. Le doute éteint son cœur.

Il faut encore lutter...

Chapitre 15

[...] Quelques jours après, il atteint un rivage.

« La mer ! » s'exclame-t-il en tombant à genoux.

Une plage de sable fin, un ressac paisible, un ruban d'écume où chuchotent les coquillages.

« La mer d'eau salée qui encercle la terre habitée par les hommes. Je suis aux confins du monde. »

Il regarde l'horizon marin, il regarde le rivage et se laisse imprégner par l'énergie des lieux.

« Le pays d'Outa-napishti l'Éternel ! »

Au loin, une barrière de rochers ferme la plage. Gilgamesh la voit et une certitude jaillit en lui.

« Là-bas ! »

Il se relève et se précipite.

Les rochers dissimulent une crique protégée des vents. Une bicoque[20] de briques séchées se dresse au pied d'une dune et contemple la mer.

« Une cabane pour un immortel ! murmure Gilgamesh. Le plus humble des coffrets pour le trésor des trésors ! »

---

20. Bicoque : petite maison très simple.

Plus aucun doute n'est permis. C'est bien là que les dieux ont caché Outa-napishti. Et voici son palais.

Il reprend sa marche, heureux d'en avoir terminé. Mais à mesure qu'il approche, le domaine de l'immortel se précise. Des jarres sont alignées le long d'un mur, tout près d'une cuve de fermentation pour la bière[21]... Une femme va et vient devant la maison. Et Gilgamesh comprend qu'il s'est encore trompé.

« Une taverne[22] ! C'est une taverne ! Et je l'ai prise pour une demeure d'éternité ! »

Nouvelle pirouette des dieux qui se complaisent à le torturer ! Nouveau pied de nez ! Il est hors de lui. Il s'en veut d'avoir mordu à leur appât.

La rage au ventre, il s'élance. Puisqu'ils sont hors d'atteinte, c'est leur obstacle qu'il va fracasser ! Le rivage gronde sous sa course. Une nuée d'orage couvre sa tête. La tavernière voit une bourrasque approcher, avec un géant à sa tête. C'est la mort qui fond sur elle. Elle prend peur. Elle se précipite à l'abri dans sa maison et s'y barricade.

Mais Gilgamesh est déjà là. Il hurle, secoue la porte. Les gonds gémissent.

« Ouvre, femme ! Ou je transforme ta masure[23] en un champ de tessons ! »

Ses murs ne résisteront pas, sa porte non plus. Sidouri la tavernière est seule et l'histoire de sa vie a été écrite par les dieux. Elle ne peut qu'accepter de la vivre. C'est son

---

21. Bière : boisson à base d'orge et d'épeautre, née en Mésopotamie au IVe millénaire av. J.-C. Elle était parfumée avec des épices telles que la cannelle.
22. Taverne : auberge.
23. Masure : pauvre maison.

unique liberté. Alors, elle déverrouille sa porte et paraît sur le seuil. La colère de Gilgamesh tombe d'un coup.

Sidouri suffoque. Elle résiste pour ne pas reculer. L'être,
105 dont la haute silhouette la domine, pue comme un fauve. Il est sale, décharné, revêtu de loques de fourrures et ses yeux brillent d'un éclat effrayant.

Gilgamesh, lui aussi, résiste pour ne pas reculer. Depuis des mois, il n'a rencontré que des bêtes, des obstacles, des
110 épreuves mortelles. Et soudain, devant lui, la transparence d'une source, la légèreté d'un sourire, la fraîcheur d'une pâture…

« Femme, dit-il de sa voix cassée par la solitude, tu m'as vu et tu as fui. Pourquoi ?
115 – Parce que ce n'était pas un homme qui courait, mais la mort. Et j'ai pris peur. »

La tavernière le voit désemparé par sa réponse. Elle regrette sa franchise.

« Profite de ma maison, lui propose-t-elle. Bois ma bière.
120 Repose-toi. »

Elle lui offre une gourde qu'il vide d'un trait. Puis il s'assoit contre le mur chaud de la taverne et entame une jarre de bière épicée.

Les parfums de la boisson raniment sa mémoire, font
125 reverdir son corps, comme l'Euphrate les jardins d'Ourouk. Il entend la voix de sa ville qui murmure. La fatigue tombe sur lui et la tristesse aussi.

« Parle, l'invite Sidouri. Je vois bien qu'un chagrin verrouille ton cœur. »
130 Elle s'accroupit devant lui et prend sa main.

« Confie-toi. »

Et Gilgamesh, dénoué par la douceur de Sidouri, commence à raconter.

« Mon chagrin porte un nom : Enkidou. Il est né sauvage, dans la steppe, et j'ai eu peur de sa force. J'ai décidé de le briser et, pour cela, je lui ai tendu un piège afin de le changer en homme. Mais le piège s'est retourné contre moi : Enkidou est devenu mon ami. Je l'ai aimé. Il a illuminé ma vie. Avec lui, j'ai conquis la Forêt des Cèdres, vaincu Houmbaba son gardien, terrassé le Taureau d'Ishtar. De grands exploits !

« Mais, un jour, la mort l'a couché et il ne s'est plus relevé. J'ai compris que moi aussi je me coucherai un jour et que plus jamais je ne me relèverai. Alors, j'ai décidé d'aller chercher la vie-sans-fin. »

Sidouri caresse sa main, toute bourrelée de corne[24].

« Cesse de pourchasser une ombre, Gilgamesh, murmure-t-elle avec douceur. La vie-sans-fin n'est qu'un rêve, tu le sais bien. Un trésor que les dieux ne veulent pas partager. Tout finit par disparaître sur la terre. Rien ne dure éternellement. Ni les maisons qui s'écroulent, ni les royaumes qui tombent en ruine, ni les serments que l'on trahit toujours, ni l'amour, ni la haine... Profite de la vie, plutôt, pendant que tu la tiens. Cesse de t'épuiser à courir le monde. Regarde-toi. Tu es comme un potager après le passage de la grêle. »

---

24. Toute bourrelée de corne : peau qui s'est durcie.

Sidouri… dorée comme sa bière. Sidouri… sa voix, plus suave[25] que les dattes. Sa peau, plus tendre que les plantes aquatiques…

160 « Reste avec moi ! Je te redonnerai tes mains d'homme pour caresser, ton corps d'homme pour aimer, ta vie d'homme pour oublier que tu n'es pas un dieu. »

Gilgamesh l'écoute et songe à Enkidou, plus que jamais son semblable. Il a tourné le dos à sa vie passée, oublié
165 les raffinements de son pays. Il est redevenu sauvage et, comme son ami quand il était primitif, le voici seul avec une femme[26].

« Et si cette tavernière était un piège ?… s'interroge Gilgamesh. Qui l'a tendu pour moi ? Qui peut vouloir que
170 je reste ici, loin de tout ? Qui, sinon les dieux qui ont peur que je réussisse à devenir immortel ? »

Il se dresse soudain, décidé à partir, et Sidouri comprend qu'elle ne le retiendra pas.

« Où se cache Outa-napishti ? Dis-le-moi !
175 – De l'autre côté de la mer, répond-elle en désignant le large. Renonce. Personne n'a jamais traversé. À part Shamash, tous les matins, de sa longue foulée et Our-Shanabi le passeur.

– Et où est-il, ce passeur ?
180 – Là derrière, dans la forêt, avec ses gens. Mais rien ne dit qu'il voudra t'emmener.

– C'est bien ce qu'on verra ! »

---

25. **Suave** : douce.
26. **Comme son ami…** : Gilgamesh avait envoyé une femme pour civiliser Enkidou quand il vivait dans la steppe à l'état d'être sauvage.

Il part aussitôt, franchit les dunes en deux enjambées, arrive dans la forêt et appelle.

« Our-Shanabi ! Où es-tu, passeur ? »

Des bruits de feuillages lui répondent. Comme ceux d'une troupe de rabatteurs en quête de gibier.

« Our-Shanabi ! Montre-toi ! »

Soudain, Gilgamesh est encerclé par un groupe de guerriers à la cuirasse grise. Il dégaine sa hache, tire l'épée de son fourreau et charge sans merci. Le bronze des armes tinte, crache des étincelles. L'air sent le silex[27] battu. Les assaillants cèdent, tombent les uns après les autres, jusqu'au dernier.

Le combat terminé, au lieu des corps de ses adversaires, Gilgamesh ne découvre que gravats et blocs de roche fracassée.

« Des Êtres de pierre ! »

En parcourant le champ de bataille, il tombe sur un homme, tapi dans un buisson, épouvanté par le désastre : Our-Shanabi.

Gilgamesh le saisit, l'entraîne sur le rivage et lui montre la mer.

« Outa-napishti... Là-bas... Fais-moi passer !

– Comment veux-tu que je fasse, malheureux ! Tu viens de détruire mes outils !

– Tes outils ?

– Oui, Ceux-de-pierre que tu as massacrés ! Ils se mettaient à l'eau, lorsque nous abordions la Passe de la Mort et remorquaient le bac. Cette eau-là, une seule

---

27. Silex : pierre dont se servaient les hommes préhistoriques pour allumer le feu.

goutte sur ta peau et tu meurs ! Eux étaient protégés. Sans eux, plus moyen de traverser ! »

Tout est perdu. Gilgamesh, une fois de plus, a fait usage de sa force colossale. Une fois de plus, il a vaincu. Une fois
215 de plus, sa victoire se retourne contre lui...

Il se laisse tomber devant la mer. Ses efforts, sa tension, ses privations n'ont servi à rien. Il ne rencontrera jamais Outa-napishti.

Pourtant, dans la tourmente de son cœur, une voix lui
220 parvient. C'est Our-Shanabi, bouleversé par la détresse de ce grand homme.

« Il y a peut-être un moyen ! » propose-t-il.

Gilgamesh ne répond pas. Il se contente de lever les yeux vers lui.

225 « Il faudrait que tu coupes des arbres de trente mètres de longueur. Cent vingt arbres. Et que tu les tailles en pointe. Et que tu les durcisses au feu. Ils serviraient de rames. Ainsi, nous pourrions franchir la Passe jusqu'à l'autre rive. Mais j'ai bien peur que ce soit impossible. »

230 Gilgamesh est ému. Pour la première fois, il sent le goût salé des larmes.

« Qui es-tu, Our-Shanabi ? lui demande-t-il. Je tue tes serviteurs et tu me rends la vie... »

Il se lève.

235 « Cent vingt arbres, dis-tu. C'est comme si c'était fait ! Prépare le bac. »

AI-JE BIEN LU ?

1 Dans quel pays Gilgamesh veut-il aller ? Qui veut-il voir ?

2 Quels différents lieux et paysages traverse-t-il ?

3 **a.** Quelle grave erreur a-t-il commise avec le passeur ?

b. Que lui propose le passeur pour réparer son erreur ?

J'ANALYSE LE TEXTE

Le voyage initiatique

> Le **voyage initiatique** est un voyage effectué par un personnage en quête d'une vérité sur le monde et sur lui-même. Il est fait d'épreuves et de rencontres qui permettent au personnage d'accéder à la connaissance et de se transformer.

— Le jardin

> Dans tout voyage initiatique, le héros a des épreuves à surmonter : il fait l'expérience d'une mort symbolique (pour Gilgamesh, le passage du tunnel, voir hors-texte), puis vit une renaissance.

4 En quoi le jardin dans lequel arrive Gilgamesh est-il merveilleux ? Relevez (l. 10-26) le vocabulaire des sensations (lumière et couleurs, sons, goût, odeur).

5 **a.** À quel jardin des premiers jours de l'humanité vous fait-il penser ?

b. Quelle image ce jardin renvoie-t-il à Gilgamesh de lui-même ?

— La rencontre avec Sidouri

6 Qui est Sidouri ? Dans quel lieu sa maison est-elle située ?

7 Quels conseils Sidouri donne-t-elle à Gilgamesh ? Relevez les verbes au mode impératif.

8 Quelle information lui fournit-elle concernant la situation du pays de la-vie-sans-fin ?

QUESTIONS SUR L'EXTRAIT 6

9 Gilgamesh écoute-t-il Sidouri ? Pourquoi ?

— **La rencontre avec le passeur**

10 **a.** Quel est le nom du passeur ?

b. Quel est le lieu qu'il fait traverser ? Avec quels « outils » (l. 205-206) ?

c. Quel danger la « Passe de la Mort » (l. 208-212) présente-t-elle ?

11 Pourquoi le passeur accepte-t-il d'aider Gilgamesh, bien qu'il ait massacré ses guerriers de pierre ?

L'évolution de Gilgamesh

12 **a.** Quel est l'aspect de Gilgamesh au moment où il arrive chez Sidouri (l. 104-107) ? Reconnaissez-vous le puissant roi d'Ourouk ?

b. Pourquoi se sent-il plus proche d'Enkidou (l. 163-167) ?

13 À quel moment la nature violente de Gilgamesh réapparaît-elle (l. 86-107) ? Comment expliquez-vous cette réaction ?

14 Que découvre Gilgamesh, pour la première fois, lorsque le passeur accepte de l'aider ?

Je formule mes impressions

15 **a.** Que pensez-vous des conseils que donne Sidouri à Gilgamesh ? L'auriez-vous écoutée ou auriez-vous fait comme Gilgamesh ?

b. En général, écoutez-vous les conseils qu'on vous donne ? Pourquoi ?

J'ÉTUDIE LA LANGUE

Orthographe : les suffixes –tion , –sion, –ssion

....

16 « Ses efforts, sa tension, ses privations n'ont servi à rien »
(l. 216-217).

a. Complétez par –tion, –sion ou –ssion.

1. décep... **2.** appréhen... **3.** impre... **4.** direc... **5.** incompréhen...
6. émo... **7.** expédi... **8.** discu.... **9.** résolu...

b. Choisissez un de ces mots et introduisez-le dans une phrase
qui comportera aussi le nom de Gilgamesh.

J'ÉCRIS

Décrire un jardin

....

17 Décrivez un jardin que vous aimez ou que vous avez aimé étant
petit(e) (à la campagne, jardin public...).

CONSIGNES D'ÉCRITURE
– Présentez les circonstances dans lesquelles vous vous êtes
trouvé(e) dans ce jardin.
– Décrivez le jardin ; dites ce qu'on y trouve (végétation, petits
animaux...).
– Insistez sur les lumières, les couleurs, les parfums ; utilisez
une comparaison.
– Dites pourquoi vous aimez ou avez aimé ce jardin.

EXTRAIT 7 GILGAMESH RENCONTRE OUTA-NAPISHI

« Voilà comment tu deviendras immortel ! »

Gilgamesh a abattu cent vingt arbres pour fabriquer cent vingt longues perches, puis il part avec le batelier Our-Shanabi. Quand ils arrivent à la Passe de la Mort, Our-Shanabi lui demande de plonger les perches une à une dans l'eau, de toucher le fond, d'exercer une poussée sur le bateau pour le faire avancer, puis d'abandonner la perche et de recommencer avec la suivante. Il doit prendre garde de ne jamais tremper ses mains dans l'eau, ni recevoir une écla-boussure, car une seule goutte sur la peau fait mourir (p. 85-86, l. 210-212). Gilgamesh réussit cette épreuve et débarque sur l'île où vit le vieux Outa-napishti.

Chapitre 16

[...] Outa-napishti apparaît à son tour. Il est petit, mince, vêtu d'une tunique de lin blanc et son visage est transparent comme un bassin d'eau fraîche. Il regarde Gilgamesh avec un sourire de bienvenue.

5 « Qui es-tu donc, visiteur ? Et que veux-tu ?

– Je m'appelle Gilgamesh. Je suis roi et homme, du côté de mon père, qui était l'un et l'autre. Mais je suis dieu aussi, en partie, du côté de ma mère, la déesse du gros bétail. »

10 Par sa façon d'écouter, Outa-napishti encourage la parole, et Gilgamesh, soulagé d'avoir atteint son but, confie sa vie sans retenue. Il dit sa façon de régner,

brutale, autoritaire. Il dit ses provocations, ses violences. Il n'oublie rien. Il dit aussi son désarroi devant le cadavre de son ami. Il dit sa propre terreur de la mort.

« Voilà ! conclut-il. J'ai usé mon corps dans la montagne. J'ai usé mon cœur en acceptant mon passé, en prenant tous les torts à ma charge. J'ai usé mon vieux cuir d'homme et me suis vêtu de fourrure de bête, en espérant qu'une autre peau me pousserait. J'ai bataillé contre moi-même pour trouver ta retraite[1] et me voici. Donne-moi, je t'en prie, le secret de la vie-sans-fin. Je le mérite. Oh oui, donne-le-moi et apaise mon chagrin ! »

Outa-napishti ne répond pas. Il regarde ce géant que ses illusions ont délabré. Il mesure sa grande endurance, son grand courage. Mais il hésite à parler. Il sait qu'il va le faire souffrir. Alors, avec d'infinies précautions dans la voix, beaucoup d'amour dans le cœur, il répond :

« Je ne peux rien te donner, Gilgamesh. Tout ce que tu désires, tu le possèdes déjà. »

Gilgamesh écoute ce jugement foudroyant qui consume son rêve.

« Ton destin a été écrit, tu le sais, avant l'aurore qui se levait sur ton premier matin. Je n'ai pas le pouvoir de le corriger. Mais tu devrais prendre le temps de lire ta tablette de vie[2] avec plus d'attention. »

Outa-napishti n'a pas achevé que Gilgamesh se jette sur lui, comme un fauve.

---

1. Retraite : lieu où l'on se retire.
2. Tablette de vie : tablette d'argile sur laquelle le destin des hommes serait écrit d'avance.

« Donne le secret ! Donne ! Sinon, je te le fais cracher ! »

40 Un orage éclate soudain. La foudre, autour d'eux, jette ses crépitements bleus. L'air sent la pourriture. Le sol grouille de serpents et les moutons qui paissaient sur la falaise se changent en démons.

Gilgamesh lâche Outa-napishti, dégaine son épée et se 45 met en garde. Les démons jubilent, dardent[3] leurs aiguillons et leurs crocs, provoquent leur proie, pendant que les serpents enserrent déjà ses jambes.

« Ce n'est pas le bon moyen, Gilgamesh. Tu t'abîmes. »

Cette voix, au-dessus de la fureur.

50 « Réfléchis, Gilgamesh ! Regarde bien autour de toi et réfléchis ! »

Cette voix d'un père qui encourage son fils à comprendre ses erreurs.

Gilgamesh baisse sa garde[4]. Les monstres se calment.

55 « Le sauvage, le pourri, le féroce, c'est… mon cœur. »

Il se tait. Il pense au Jardin-des-Arbres-à-Gemmes. C'était son cœur aussi. Le meilleur habite avec le pire.

« Choisis ! répond Outa-napishti qui lit toutes ses pensées. Cette liberté-là, tu la possèdes. Jusqu'à mainte-60 nant, tu as toujours préféré le pire. Fais-en usage pour le meilleur ! Tu le peux. Mais un ennemi t'en empêche. Un ennemi en toi : ta force ! »

La voix d'Outa-napishti s'est durcie.

« Un ennemi, oui ! Parce que tu l'utilises sans discerne-65 ment. Pour un oui, pour un non. Tu fonces et tu casses.

---

3. Dardent : pointent.
4. Baisse sa gerde : baisse son épée, cesse le combat.

Et tu te redresses, tu es fier. Cela te donne l'impression d'avancer. Mais ta force est un raccourci, Gilgamesh, et c'est en prenant les raccourcis qu'on s'égare ! Vois où elle t'a conduit ! »

Le rivage de l'arrivée a disparu. Gilgamesh, maintenant, se trouve au milieu d'un jardin. Crevé d'herbes folles, les légumes s'y étiolent[5], les plantes fanent et les canaux, mal curés[6], sont obstrués par la vase. Le plus pitoyable des potagers de Sumer !

« Est-ce là le domaine d'un roi ? lui demande Outa-napishti. Les dieux ne t'ont pas offert la royauté pour que tu négliges ton jardin, pour que tu batailles au loin, que tu les jalouses au point de vouloir devenir l'un des leurs. Tu as mieux à faire. Tu es un homme, alors fais régner l'homme. En toi, en chacun. »

Gilgamesh écoute sans protester. Ce langage résonne en lui. Il le connaît sans l'avoir appris, mais il ne l'a jamais parlé.

« En suis-je capable ? Et comment l'apprendre ? »

Il va poser ces questions à son hôte, mais une autre les devance.

« Est-ce que je serai immortel, ainsi ?

– Oui, tu seras immortel ! Comme tous ceux qui ont fait briller l'esprit, qui ont accompli une œuvre juste. Non seulement personne ne t'oubliera, mais chacun portera en lui une part d'humanité que tu auras donnée. Voilà comment tu deviendras immortel !

---

5. S'étiolent : ne se développent pas.
6. Curés : nettoyés.

– Mais cette immortalité n'est pas la même que la tienne !

– Non ! Mais c'est celle qui te convient. Chacun raconte
95 sa propre histoire et les histoires de chacun s'additionnent
pour composer la grande histoire du monde. Ta part est
immense dans ce récit. Ne la néglige pas. Accepte-la ! »

À mesure qu'Outa-napishti explique, le visage de Gilgamesh se ferme.

100 « Alors, dit-il, je vais mourir malgré tout… Qu'est-ce que
tu as de plus que moi, dis, pour mériter de vivre éternellement ? Pourquoi as-tu cette chance ? Pourquoi pas moi ?

– C'est à cause du Déluge, répond l'immortel. Une vieille
aventure. Si tu veux la connaître, allons dans ma maison.
105 Nous serons plus à l'aise pour converser. »

Chapitre 17

La maison d'Outa-napishti ne paie pas de mine. Minus-
cule cabane de roseaux au bord d'une rivière. Mais quand
ils y pénètrent, elle se révèle aussi vaste qu'un palais.

Une femme les y accueille. Petite, légère, le visage géné-
110 reux, comme la pleine lune.

« Je te présente mon épouse, dit Outa-napishti. Elle ne
m'a jamais quitté et m'a accompagné dans le grand voyage
de l'Arche.

– L'Arche ?

115 – Je vais t'expliquer. Mais d'abord, assieds-toi sur cette
natte, mange un pain et bois une coupe de bière. »

Quand Gilgamesh a bu et mangé, Outa-napishti entame
son récit.

« J'étais roi, jadis, comme toi, et je régnais sur la ville de Shouroupak. Un jour que je priais dans ma maison, j'entendis une voix qui parlait à mes murs. Elle disait : "Palissade de roseaux, écoute-moi. Je détiens un secret que j'ai promis de ne pas révéler aux hommes. Il est très grave et je veux te le confier, car je sais que toi, chère palissade, tu te tairas."

« J'avais reconnu la voix d'Éa[7], mon dieu, et compris que c'était à moi qu'il s'adressait en réalité.

« "Les dieux, poursuivit-il, ont décidé d'anéantir les hommes en les noyant sous un déluge d'eau. Il faut te mettre à l'abri, car personne n'en réchappera. Voici ce que tu vas faire.

« "Commence par démolir ton palais et récupères-en le bois. Il t'a vu vivre, il connaît ta voix, tes pensées. Il respire du même souffle que toi. Ce bois, c'est toi. Utilise-le pour construire ton refuge : une Arche, en forme de cube, de soixante mètres d'arête. Répartis sa hauteur sur sept étages, autour d'un mât central qui servira de support. Aménage neuf chambres par niveau où tu entreposeras tout ce qu'il te faut pour vivre, à ta femme et à toi. Ensuite, attends mon signal.

« – Mais, Éa, lui demandai-je, que vais-je dire à mes sujets ? Quand ils vont me voir détruire ma maison, ils vont me prendre pour un fou.

« – Dis-leur qu'Enlil[8] est en colère après toi, qu'il veut te punir et que tu dois les quitter pour qu'ils soient épargnés.

---

7. Éa : fils du dieu Anou, créateur de l'humanité (voir p. 9).
8. Enlil : fils du dieu Anou, sorte de Premier ministre (voir p. 9).

Quant au signal de l'imminence[9] du Déluge, il viendra du ciel.

« "Un matin, il pleuvra du blé dur. Puis, quantité d'oiseaux se laisseront capturer, une profusion de poissons alourdiront les nasses[10]. Et le soir, des averses de blé tendre achèveront cette journée.

« "Toi, n'écoute pas les cris de joie. Entre dans l'Arche avec ta femme, calfeutre-toi[11] bien et attends. La fin du monde est proche."

« Tu imagines mon trouble, après une telle révélation ! ajoute Outa-napishti. Mais pas un instant je n'ai douté de mon dieu et j'ai suivi tous ses conseils, sans le moindre regret.

« J'ai donc démoli mon palais et construit un nouveau chez-moi. Pas seul, bien sûr. Tous mes charpentiers étaient là pour scier, mortaiser[12], ajuster, cheviller[13]. Une fois la carcasse dressée, on la recouvrit de planches de cèdre et l'on fit fondre du bitume[14] pour calfater[15] les joints. Trente-six hectolitres et soixante-douze de plus à embarquer pour le voyage, en cas de besoin. Éa m'avait conseillé ces quantités. Elles étaient justes et leur signification, subtile. En effet, trente-six est le nombre du Ciel. Lui qui allait tout détruire, protégeait en même temps la coque de mon navire. Soixante-douze est le nombre de la

---

9. **Imminence :** approche, proximité.
10. **Nasses :** filets de pêche.
11. **Calfeutre-toi :** enferme-toi.
12. **Mortaiser :** entailler.
13. **Cheviller :** assembler.
14. **Bitume :** goudron.
15. **Calfater :** rendre étanche.

Terre et c'est elle que j'allais emporter dans l'Arche avec moi, à travers tout ce qu'elle avait produit de bon et de beau. Quant à la somme du Ciel et de la Terre, cent huit, c'est le nombre de l'Homme.

« Je compris ainsi l'intention d'Éa. Il me confiait, à moi, la mission de faire naître de l'épreuve une nouvelle humanité. Éa qui voit loin est un grand dieu.

« Tous les travaux furent achevés en cinq jours.

« Alors, le chargement commença et chacun m'offrit, en souvenir, ce qu'il possédait de plus précieux. Le scribe apporta des tablettes de signes et un calame[16], le maçon un moule à briques et un niveau, le jardinier un palmier et une houe[17], le joaillier une lyre à tête de taureau et un creuset[18], le sculpteur une statue d'albâtre et un ciseau, le pêcheur un filet, le chasseur un arc, le berger une houlette[19]...

« Tout le savoir des hommes à la tête noire trouva refuge dans l'Arche et, ainsi équipée, on la fit rouler jusqu'au fleuve sur un chemin de rondins. Après quoi, je donnai une grande fête, pareille à celle de l'Akitou du printemps, car c'était un renouveau de l'Homme que le désastre préparait.

« Le lendemain de cette fête, la première averse de blé dur se déversa sur le pays. Le signal ! Je frémis d'émotion. Mon peuple, lui, poussait des cris de joie en bénissant les dieux. Chacun se précipitait avec des paniers pour ramas-

---

16. Calame : roseau taillé servant à écrire.
17. Houe : voir note 7, p. 14.
18. Creuset : récipient creux.
19. Houlette : bâton de berger.

ser le blé, des arcs pour abattre les oiseaux, relevait les nasses chargées de poissons.

« Personne ne remarqua mon départ.

« Posément, je fis le tour de mon royaume. Je visitai mes
200 troupeaux et mes parcs animaliers. J'y prélevai un couple de chaque espèce domestique et sauvage. Je les installai dans tous les compartiments de l'Arche, du niveau le plus bas jusqu'au plus élevé, selon leur aptitude à évoluer. Puis je fis monter mon épouse bien-aimée. Je refermai l'écou-
205 tille[20] sur nous et la calfeutrai soigneusement, avec de la filasse et du goudron.

« Le compte à rebours était lancé. Nous attendions le grand commencement.

« Tout se figea soudain. Les bêtes et les choses savaient et
210 se taisaient. Alors un choc sourd, au fin fond de l'espace, fracassa les digues[21] du ciel et toutes ses réserves d'eau douce roulèrent en grondant, déchiquetèrent la voûte céleste et s'abattirent sur la terre.

« Les villes furent balayées d'un coup et les hommes,
215 hachés comme de la paille. Rien ne résista. Tout fut broyé, battu, liquéfié. La nuit noircissait le monde, et les épées de la pluie saignaient l'obscurité à blanc.

« Même les dieux étaient terrifiés par ce qu'ils avaient provoqué. Ils en avaient perdu le contrôle et Déluge, tel un
220 jeune monstre, n'obéissait qu'à lui-même et s'en donnait à cœur joie.

---

20. **Écoutille :** ouverture sur le pont d'un navire qui donne accès aux étages inférieurs.
21. **Digues :** murets permettant de contenir les eaux (ici, sens imagé).

Le déluge : Outa-napishti fait construire un bateau pour sauver toutes les espèces vivantes. Illustration de Zabelle C. Boyajian, *Gilgamesh*, 1924.

« L'Arche résistait bien. La crue[22] l'avait emportée et elle dérivait, bercée par le flot du nouvel océan.

« Mon heure était venue. Une grande tension régnait autour de moi et je devais ramener la sérénité. Aussi, je descendis au premier niveau, celui des bêtes les plus féroces, et je restai longtemps, dans chaque comparti-

---

22. **Crue :** débordement des eaux.

ment, afin de les apaiser. Puis je recommençai avec les animaux du deuxième niveau, du troisième, et ainsi
230 jusqu'au septième, en m'élevant le long du mât central de l'Arche.

« Dans chaque loge, je recueillais la peur, la cruauté, la fourberie, la panique, la brutalité, la soumission. En échange, j'offrais des contraires : la confiance, la bonté,
235 la franchise, le calme, la douceur, l'indépendance. J'apprivoisais, j'éduquais, j'apprenais à chacun qu'il existait d'autres manières d'être que la sienne. J'accomplissais ainsi la mission confiée par Éa : enfanter une vie nouvelle qui, peu à peu, se rassemblait dans mon cœur.

240 « Lorsque j'eus terminé, je fis sauter l'écoutille et sortis à l'air libre.

« Dehors, un océan jaune s'étendait à perte de vue et des montagnes, çà et là, crevaient les eaux et pointaient leurs doigts vers le ciel.

245 « Immobile, l'Arche se remit à tanguer. Un faible courant l'entraînait. La décrue commençait.

« J'envoyai une colombe en éclaireur, avec une recommandation :

« "Va annoncer aux eaux limoneuses[23] qu'une vie
250 nouvelle est née dans l'Arche."

« Elle s'envola, revint une fois sa mission accomplie, et se blottit en moi.

« J'envoyai alors une hirondelle, avec cette consigne :

« "Va dire que la vie nouvelle est prête à se développer."

---

23. **Limoneuses :** boueuses.

« Elle disparut, revint après m'avoir obéi, et s'endormit dans le cœur de mon épouse.

« Enfin, je libérai un corbeau en lui disant :

« "Tu es robuste et perspicace. Va ! Trouve un rivage et installe-toi sur la terre."

« Le corbeau reprit sa liberté et ne revint jamais.

« Peu après, mon vaisseau s'échoua sur une rive. Aussitôt, j'ouvris toutes les écoutilles. Alors, la lumière intérieure de l'Arche jaillit et épousa la lumière du jour.

« Arrivé à terre, je dressai un bûcher pour remercier les dieux. Roseau, cèdre, myrte. Le parfum de la fumée les surprit et ils arrivèrent en se bousculant pour avoir l'explication de ce mystère.

« "Des hommes ! s'exclamèrent-ils. Il en reste donc ! Hourra ! Rien n'est perdu !"

« Tous étaient heureux. Ils dansaient comme des enfants, soulagés de retrouver leur jouet favori, qu'ils croyaient perdu à jamais. Tous, sauf Enlil, d'une humeur massacrante.

« "Comment peut-il en rester ? vociféra-t-il en nous voyant. J'avais dit : 'Mort à l'homme et silence dans les rangs !' Qui a parlé ?

« – Moi ! se dénonça Éa.

« – Évidemment ! J'aurais dû m'en douter. Traître !

« – Absolument pas. Je n'ai pas trahi notre serment. Je ruminais ta décision à haute voix, car elle me troublait. Et Outa-napishti, qui était dans les parages, m'a entendu. Maintenant, si tu veux les faire disparaître, lui et sa femme...

« – Non, non ! protestèrent les autres dieux, bruyam-
285 ment. Nous avons besoin des hommes ! Profitons de ces
deux-là pour en refaire de nouveaux. Nous n'allons tout
de même pas nous remettre à travailler !"

« Cela persuada Enlil.

« "Bon ! C'est entendu, gardons-les ! Et puis, tenez,
290 puisque tout le monde applaudit, je ne vais pas bouder
votre plaisir. J'y participe aussi en me fendant d'un
cadeau."

« Il se tourna vers nous.

« "Voilà ! poursuivit-il sur sa lancée. Pour avoir si bien
295 survécu à mon Déluge, je vous fais immortels. Les mala-
dies, le chagrin et la mort n'auront plus aucune prise sur
vous. Mais... parce qu'il y a un mais, comme une nouvelle
humanité va naître et que je n'ai pas envie que votre
exemple fasse tache d'huile, vous vivrez seuls, au bout du
300 monde, hors d'atteinte des hommes. C'est le prix à payer
et pas question de discuter !" »

QUESTIONS SUR L'EXTRAIT 7

AI-JE BIEN LU ?

1 Pourquoi Gilgamesh est-il allé voir Outa-napishti ?

2 Comment Outa-napishti a-t-il acquis l'immortalité ?

3 Quel type d'immortalité propose-t-il à Gilgamesh ?

J'ANALYSE LE TEXTE

La rencontre avec Outa-napishti

....

— La demande de Gilgamesh

4 Quels termes et quelle comparaison caractérisent Outa-napishti (l. 1-4) ?

5 **a.** Gilgamesh demande à Outa-napishti qu'il lui révèle un secret. Lequel ?

b. Quelle réponse lui fait-il (l. 29-36) ? Le ménage-t-il ?

c. Comment Gilgamesh réagit-il ? Quels phénomènes surnaturels témoignent de sa réaction (l. 37-47) ?

— La leçon

6 Pour Outa-napishti, quel est l'ennemi de Gilgamesh ?

7 **a.** Dans quelle sorte de jardin Gilgamesh se retrouve-t-il soudain ?

b. Quelle leçon Outa-napishti donne-t-il à Gilgamesh à partir de l'image du jardin ?

8 Comment Gilgamesh pourra-t-il obtenir l'immortalité ? Est-ce l'immortalité à laquelle il s'attendait ?

Le récit du déluge

....

— L'annonce du déluge

9 À quelle personne le récit est-il mené à partir de la ligne 119 ? Qui raconte ?

QUESTIONS SUR L'EXTRAIT 7

10 **a.** Pourquoi les dieux ont-ils décidé d'envoyer un déluge sur la terre ? Quels en seront les signes ?

b. Quel dieu prévient Outa-napishti ?

— **L'arche**

11 **a.** Avec quel bois Outa-napishti a-t-il construit l'arche ?

b. Quelle est sa forme ? Combien a-t-il de pièces ?

c. Quels objets et quels êtres Outa-napishti a-t-il embarqués dans l'arche ?

— **Le déluge et ses effets**

12 **a.** « Les épées de la pluie » (l. 216-217) ; « Déluge, tel un jeune monstre » (l. 219-220) : identifiez les figures de style qui décrivent le déluge.

b. Quels sont les effets du déluge ? Relevez le lexique de l'eau et de la destruction (l. 209-223).

> Les **antonymes** sont des termes qui s'opposent.

13 **a.** Quelles qualités Outa-napishti tente-t-il de faire triompher dans l'Arche ?

b. Quels défauts doivent-elles remplacer ? Relevez les antonymes.

14 Quel moyen Outa-napishti utilise-t-il pour s'assurer de la baisse des eaux ? Combien de tentatives fait-il ?

Les dieux et les hommes

15 Quelle est la première action d'Outa-napishti, une fois à terre ?

16 **a.** Pourquoi le dieu Enlil est-il furieux de voir qu'il reste des survivants au déluge ?

b. Pourquoi les autres dieux ne sont-ils pas d'accord avec lui (l. 284-287) ?

17 Quel cadeau Enlil fait-il à Outa-napishti ? Quel sera le « prix à payer » (l. 294-301) ?

Je formule mes impressions

....

18 Pensez-vous que Gilgamesh est devenu immortel ? Si oui, de quelle façon ?

J'ÉTUDIE LA LANGUE

Vocabulaire : autour du mot « déluge »

....

En latin, déluge se dit *dilivium*.

19 **a.** Que signifient les mots « antédiluvien », « des pluies diluviennes » ?
b. Cherchez le sens des expressions : **1.** remonter au déluge.
2. après moi le déluge. **3.** un déluge de paroles.

J'ÉCRIS

Raconter un orage

....

20 Racontez un violent orage.

CONSIGNES D'ÉCRITURE
– Précisez les circonstances.
– Utilisez le champ lexical de l'eau, du bruit, de la violence.
– Vous pouvez introduire une comparaison.

QUESTIONS SUR L'EXTRAIT 7

POUR ALLER PLUS LOIN

Je lis d'autres récits de déluge

L'épopée de Gilgamesh présente la plus ancienne version du déluge que nous connaissions. Les récits de déluge, considéré comme un châtiment divin, se retrouvent dans de nombreuses mythologies (Inde, mythologie grecque et romaine, Mexique...) et textes fondateurs des grandes religions (Bible, Coran).

Ces récits prennent appui sur des catastrophes naturelles qui ont probablement eu lieu.

■ Le récit du déluge dans la Genèse

Les hommes se sont rendus coupables de mauvaises actions. Dieu décide de les punir ; il décide toutefois de sauver Noé, un homme juste et droit.

Dieu dit à Noé : la fin de tout être vivant est arrivée, je l'ai décidé, car la terre est pleine de violence à cause des hommes et je veux les faire disparaître de la terre. Mais avec toi je veux conclure une alliance afin que tu ne périsses pas avec eux. Fais-toi une arche comme je te le dirai, tu y entreras, toi et tes fils, ta femme et les femmes de tes fils avec toi. Pour moi je vais amener le déluge sur la terre pour exterminer de dessous le ciel toute créature ayant souffle de vie : tout ce qui est sur la terre doit périr. »

Dieu expliqua à Noé comment faire le grand bateau de bois. « Tu feras à l'arche un toit par dessus, tu placeras l'entrée de l'arche sur le côté et tu feras un premier, un second et un troisième étage. ». Noé agit ainsi ; tout ce que Dieu avait commandé, il le fit.

Dieu lui ordonna de faire entrer dans l'arche deux êtres vivants de chaque espèce : un mâle et une femelle, pour les garder en vie. Noé fit comme Dieu le voulait. Il prit dans l'arche un couple de tous les animaux qui courent et qui volent, du plus grand au plus petit, afin qu'ils survivent, et il prit des provisions pour lui et tous les animaux. En toute chose il obéit à Dieu et fit tout ce que Dieu lui avait commandé.

Et Dieu dit : « Encore sept jours et je ferai pleuvoir sur la terre pendant quarante jours et quarante nuits et j'effacerai de la surface du sol tous les êtres que j'ai faits. Entre dans l'arche, toi et toute ta famille, car je t'ai vu seul juste à mes yeux parmi cette génération. » Et le Seigneur ferma la porte sur Noé.

Au bout de sept jours les eaux du déluge vinrent sur la terre. Toutes les sources du grand abîme jaillirent et les écluses du ciel s'ouvrirent. La pluie tomba sur la terre pendant quarante jours et quarante nuits, les eaux grossirent et soulevèrent l'arche qui fut élevée au-dessus de la terre. Les eaux montèrent de plus en plus sur la terre et couvrirent toutes les plus hautes montagnes qui sont sous le ciel. Alors périt tout ce qui se mouvait sur la terre : oiseaux, bestiaux, bêtes sauvages, tout ce qui grouille sur la terre et tous les hommes. Le Seigneur fit disparaître tous les êtres vivants qui étaient à la surface du sol, depuis l'homme jusqu'aux bêtes, aux bestioles et aux oiseaux du ciel : ils furent effacés de la terre et il ne resta que Noé et ce qui était avec lui dans l'arche. Les eaux furent grosses sur la terre pendant plusieurs semaines.

Alors Dieu se souvint de Noé et de toutes les bêtes qui étaient avec lui dans l'arche ; Dieu fit passer un vent sur la terre et les eaux désenflèrent. Au septième mois, au dix-septième jour du mois, l'arche s'arrêta sur les monts d'Ararat. Les eaux continuèrent de baisser trois mois durant et, les sommets des montagnes apparurent.

Au bout de quarante jours, Noé ouvrit la fenêtre qu'il avait faite à l'arche et il lâcha le corbeau, qui alla et vint jusqu'à ce que les eaux aient séché sur la terre.

Alors Noé lâcha d'auprès de lui la colombe pour voir si les eaux avaient diminué à la surface du sol. La colombe, ne trouvant pas un endroit où poser ses pattes, revint vers lui dans l'arche, car il y avait de l'eau sur toute la surface de la terre ; il étendit la main, la prit et la fit rentrer auprès de lui dans l'arche. Il attendit encore sept autres jours et lâcha de nouveau la colombe hors de l'arche. La colombe revint vers lui sur le soir et voici qu'elle avait dans le bec un rameau tout frais d'olivier ! Ainsi Noé connut que les eaux avaient diminué à la surface de la terre. Il attendit encore sept autres jours et lâcha la colombe, qui ne revint plus vers lui.

Les eaux séchèrent sur la terre. Noé enleva la couverture de l'arche ; il regarda, et voici que la surface du sol était sèche !

Alors Dieu parla ainsi à Noé : « Sors de l'arche, toi et ta femme, tes fils et les femmes de tes fils avec toi. Tous les animaux qui sont avec toi, fais-les sortir ave toi : qu'ils pullulent sur la terre, qu'ils soient féconds et multiplient sur la terre ». Noé sortit avec ses fils, sa femme et les femmes de ses fils ; et tous les animaux sortirent de l'arche, une espèce après l'autre.

Dès qu'il fut à terre, Noé construisit un autel à Dieu, fit un sacrifice et remercia Dieu. Dieu regarda favorablement le sacrifice de Noé, il dit : « Je ne maudirai plus jamais la terre à cause de l'homme [...]. »

Anthony Shaffer, R. Tournay, *L'Épopée de Gilgamesh*,
© Éditions du Cerf, 1994.

— Le récit du déluge dans le Coran

Le Coran, comme la Genèse, présente un récit du Déluge. Le prophète Noé, envoyé pour inviter le peuple à adorer Dieu, l'avertit qu'une terrible catastrophe surviendra s'il continue à prier les idoles[1]. Mais personne ne l'écoute...

Nous[2] dîmes à Noé : « Emporte dans ce vaisseau un couple de chaque espèce, ainsi que ta famille, excepté celui sur qui le jugement a été prononcé[3]. Prends aussi tous ceux qui ont cru[4] : et il n'y eut qu'un petit nombre qui aient cru. »

---

1. Les idoles : les représentations (statues, images) des dieux païens.
2. Nous : c'est Dieu qui parle par l'intermédiaire de Mahomet.
3. Celui sur qui le jugement a été prononcé : un des fils de Noé que la tradition représente comme infidèle.
4. Qui ont cru : qui ont cru en Dieu.

Noé leur dit : « Montez dans le vaisseau. Il voguera et il s'arrêtera au nom de Dieu. Dieu est indulgent et miséricordieux[5]. »

Et le vaisseau voguait avec eux au milieu de flots soulevés comme des montagnes. Noé cria à son fils qui était à l'écart : Ô mon enfant ! monte avec nous, et ne reste pas avec les incrédules[6].

« Je me retirerai sur une montagne, dit-il, qui me mettra à l'abri des eaux. » Noé lui dit : « Nul ne sera aujourd'hui à l'abri des arrêts de Dieu[7], excepté celui dont il aura eu pitié. Les flots les séparèrent, et le fils de Noé fut submergé. »

Et il fut dit : « Ô terre ! absorbe tes eaux. Ô ciel ! arrête ! » et les eaux diminuèrent.

Le Coran, sourate 11, 42-46, traduit de l'arabe par Kazimirski
© Classiques Garnier Multimédia (1999).

21 Comparez les trois textes (*Épopée de Gilgamesh*, Bible, Coran)
a. Qui décide le déluge ? Pourquoi ?
b. Quels personnages sont prévenus de ce déluge ?
c. Dans quel bateau se réfugient-ils ? Qui embarque avec eux ?
d. Quels textes comportent le plus de termes appartenant au champ lexical de l'eau et de la destruction ? Donnez des exemples.
e. Qu'arrive-t-il au fils de Noé dans le Coran ? Pourquoi ?

---

5. Miséricordieux : qui accorde son pardon aux coupables.
6. Les incrédules : ceux qui ne croient pas.
7. Arrêts de Dieu : ordres de Dieu.

EXTRAIT 8 L'HERBE DE VIE

« Chaque instant [...] contient une étincelle. »

Le récit d'Outa-napishti n'a guère apaisé Gilgamesh, toujours jaloux de l'immortalité du sage. Outa-napishti lui lance alors un défi, destiné à mesurer son aptitude à vivre sans fin : rester éveillé sept jours durant. Gilgamesh ne doute pas de sa capacité à le relever. Pourtant, il échoue. À son réveil, prenant conscience de son échec, il est envahi par une immense tristesse et admet sa condition mortelle. Outa-napishti le convainc d'accomplir ce qui lui reste à vivre : « Une ville t'attend et tout un peuple. Ils comptent sur toi. » Gilgamesh décide donc de rentrer à Ourouk, accompagné du batelier Our-Shanabi.

Chapitre 8

[...] En le voyant, hébété[1], la femme d'Outa-napishti le prend en pitié.

« Ne le laisse pas repartir les mains vides. Aide-le. Parle-lui de l'Herbe de Jouvence[2]. »

5   Outa-napishti se laisse fléchir et rappelle Gilgamesh.

« Je vais te confier un secret, lui dit-il. Écoute-le et fais-en bon usage. Il existe une Herbe de Jouvence. Si tu en manges à la veille de mourir, tu gagnes une nouvelle vie, égale à celle qui s'achève. Sa tige est hérissée d'épines et

---

1. Hébété : l'air perdu.
2. Jouvence : jeunesse.

10 son parfum, léger comme celui du jasmin. Elle pousse dans un gouffre, au fond de l'océan. Mais il n'existe qu'un seul moyen de l'atteindre : te laisser attirer par elle. Sache que tu en portes une semence dans le cœur. Capte son parfum. Il te conduira vers la plante. »

15 Gilgamesh écoute comme s'il n'entendait rien. Il pense à l'océan infini. Quelle chance a-t-il de découvrir ce trésor ? Mais, à supposer que le sort lui soit enfin favorable et qu'il trouve l'emplacement, il lui faudra encore descendre au fond du gouffre...

20 Sur le rivage, des rochers dépassent du sol. Attachés à ses pieds, ils l'entraîneraient facilement. À tout hasard, il en dégage deux qu'il charge sur le bac, puis ils partent. Le souffle d'Outa-napishti les pousse de l'autre côté de la Passe de la Mort et ils entrent bientôt dans la mer vivante, 25 de vagues et de vent.

« Où aller ? Où chercher ?

– Toutes les quêtes ont un commencement. Et ce commencement, c'est toi, ne l'oublie pas. »

Outa-napishti l'a entendu. Il le conseille encore, depuis 30 sa terre, au-delà de la brume. Alors, Gilgamesh ferme les yeux et essaie de se recueillir. Mais tout le distrait : le battement de l'eau contre le bac, l'air dans ses cheveux et ses pensées qui parlent pour ne rien dire, comme dans une assemblée où chacun se coupe la parole.

35 « Comment ramener le calme ? »

Un souvenir d'Enkidou lui répond. Il le revoit, ouvrant la marche sur le chemin de la Forêt des Cèdres. Il le revoit, chassant, et sa foulée souple effleure le sol. Enkidou, vent

avec le vent, herbe avec l'herbe, gibier avec le gibier. Enki-
40 dou, si fluide qu'il se prêtait à tous les mélanges.

« Enkidou, mon ami, demeure à mes côtés. Prends ma main et conduis-moi à travers la steppe de mon cœur. »

Et le puissant souvenir d'Enkidou efface toutes les pensées et s'impose.

45 Gilgamesh s'apaise. Peu à peu, il oublie la mer, son voyage de retour, sa quête, Outa-napishti, l'immortalité. Il n'entend plus que les battements de son cœur et Enkidou, à cet instant, disparaît à son tour.

Sous la mesure du cœur, il distingue un autre tempo[3].
50 Plus lent, plus sourd. Il l'écoute longtemps. Il se laisse atti-
rer. Le son vibre profondément, descend dans les racines du monde. Gilgamesh le suit, sent qu'il se transforme. Il devient pulsation, léger comme un parfum. On dirait... une odeur de jasmin !

55 Gilgamesh ouvre les yeux. C'est lui qui dirige l'embar-
cation. Sans en avoir conscience, il s'est installé à la place d'Our-Shanabi, pendant sa méditation. Autour de lui, l'air sent bon le jasmin. Ce n'est pas une hallucination. C'est l'Herbe de Jouvence ! Et si la mer en est parfumée en
60 surface, c'est qu'elle est là, au fond ! Il a trouvé l'endroit !

Vite, il attache les rochers à ses pieds, plonge et se laisse entraîner dans la nuit du gouffre marin. Un milliard de bulles le conduisent dans sa chute. Bientôt, une lueur l'appelle. C'est l'Herbe. Elle resplendit. Sur un fond de sable
65 clair, elle éclaire l'obscurité autour d'elle.

---

3. **Tempo** : rythme.

Gilgamesh la saisit et sa main se larde[4] d'épines. Il l'arrache, défait les liens qui retiennent les rochers et remonte.

« Gagné ! » hurle-t-il en crevant la mer.

70 Le bac tangue sous les remous et Gilgamesh grimpe à bord, où il dépose son trophée.

« Regarde, Our-Shanabi. Je l'ai trouvée. Elle est à moi. Je vais vivre deux fois. »

Our-Shanabi a repris le gouvernail. Maintenant, il cher-
75 che les vents qui portent vers la terre.

Pendant ce temps, Gilgamesh admire sa merveille. Il l'a étalée à la proue, pour qu'elle prenne ses aises. Penché sur elle, il respire son parfum, comme s'il lapait l'eau d'une source.

80 L'Herbe de Jouvence se laisse aimer. C'est un joyau[5]. Un flux de vie, discret, circule en elle et fait frémir ses pétales. Elle est émue d'avoir été cueillie. Honorée de rencontrer l'être qu'elle va favoriser.

Gilgamesh, du bout des dents, arrache les épines plan-
85 tées dans sa main, suce les piqûres. Le jasmin parfume déjà son sang, comme une promesse.

« La preuve que nous sommes faits l'un pour l'autre, n'est-ce pas ? »

Il songe au mystère de sa découverte. Il songe à son
90 cœur, riche d'un trésor qu'il ignorait posséder.

---

4. Se larde : se pique.
5. Joyau : bijou de grande valeur.

« Dire que la réponse était en moi, toute prête. Elle attendait seulement que je pose la bonne question. »

Chapitre 19

Lorsqu'ils retrouvent la terre, une autre traversée les attend, par monts et par vaux…

95 En chemin, Gilgamesh échafaude[6] des plans. Cette Herbe qu'il a conquise, il ne peut la garder pour lui seul. Il est roi. Il faut qu'il en fasse profiter son peuple.

« C'est ainsi que je ferai régner l'homme ! »

Les mots d'Outa-napishti ! Ils lui reviennent à l'esprit, 100 comme s'il les inventait lui-même. Cela l'enthousiasme.

« Dès mon arrivée, dit-il à Our-Shanabi, j'expérimente l'Herbe avec un malade sur le point de mourir. Je lui offre une seconde vie. Mon cadeau de retour. Puis, je confie la plante à mes meilleurs jardiniers. Ils trouveront un moyen 105 de la multiplier, par bouturage, par marcottage[7]. Nous en développerons la culture. Des jardins couverts d'Herbe de Jouvence !… Tu imagines cela, Our-Shanabi ? À la disposition de tous. »

Et les projets se développent, se multiplient au rythme 110 de la route qui se déroule, poussés par les rêves.

Un jour, enfin, ils parviennent en vue d'Ourouk. Cernée par son rempart, la ville semble flotter, comme une barque tranquille, sur la lumière fluide de la plaine.

---

6. Échafaude : forme, conçoit.
7. Par bouturage, par marcottage : méthodes de jardinage où la tige a pris racine et est destinée à être replantée.

Gilgamesh s'arrête pour la contempler. Son cœur s'emballe. L'émotion du retour, mais aussi, c'est étrange, la crainte... Crainte de revoir ceux qu'il a oubliés, qui l'ont peut-être remplacé depuis longtemps. Crainte de retrouver les mille voix de sa ville, son activité incessante, les conflits, les appétits de chacun, le luxe du pouvoir. La solitude qui lui a tant pesé, le dénuement[8] qui l'a épluché comme le racloir du tanneur[9], il a fini par les aimer. Et maintenant qu'il s'apprête à les quitter, il commence à les regretter...

Pourquoi pas renoncer ? Pourquoi pas vivre en nomade ? Ne plus subir les contraintes de sa ville, de sa fonction de roi ? Pourquoi ne pas prendre chaque jour tel qu'il s'offre, à la convenance de l'aube, et ne plus rien décider que pour soi-même ?...

Mais il ne tourne pas les talons. Il évoque ces hypothèses et les écarte, les unes après les autres. Il sait que sa ville et son peuple l'attendent.

« Ils ne se doutent pas du trésor que je leur rapporte, murmure-t-il en confidence à l'Herbe de Jouvence. Si je ne prenais pas la peine de te présenter à eux, ils ne te connaîtraient jamais. Quelle occasion gaspillée ! Je vais changer leur vie. »

Et les paroles d'Outa-napishti parlent à nouveau en lui : « Tu seras immortel. Comme tous ceux qui ont honoré l'homme... tous ceux qui ont accompli une œuvre juste. »

« J'ai enfin découvert le moyen », soupire-t-il.

---

8. Dénuement : manque de ce qui est nécessaire.
9. Tanneur : personne qui traite les peaux pour en faire du cuir.

Et il reprend la route.

En passant à proximité d'un étang, l'envie le prend de se décrasser, de se vêtir de propre, avant d'entrer dans sa cité.

145 Il commence par baigner l'Herbe, longuement. La fatigue de la route et la poussière ont terni son éclat. Il veut lui redonner la fraîcheur qu'elle avait, au sortir de l'océan. Puis il la dépose sur la rive et entre à son tour dans le bain.

150 « Je ne serai pas long », lui dit-il, comme un amoureux à sa fiancée.

Il se laisse porter, imite la plante qui s'étalait pour mieux se nourrir de l'eau.

Mais un drame, déjà, se prépare à frapper.

155 Pendant qu'il se délasse, une ombre jaillit sur la rive. Une flèche vivante, gueule ouverte, qui se plante au centre de la cible : l'Herbe ! Elle l'avale d'un trait, fleurs, feuillage, épines et, son méfait consommé, retourne sous la plaine d'où elle était sortie. C'est un serpent noir.

160 Gilgamesh sent l'ombre passer. Il comprend. Il se jette hors de l'eau, se précipite sur la rive... Trop tard ! Le serpent atteint déjà son abri sous la terre. Il a dévoré le trésor, volé la nouvelle vie qui ne lui était pas destinée, et laissé en partant sa vieille peau, vestige de sa première
165 vie achevée...

Alors, une poigne de bronze se referme sur Gilgamesh et broie son cœur. Il hurle de douleur, tombe à genoux, et reste, bouche ouverte, sans plus un cri, devant l'empreinte que son Herbe lui a laissée sur le sol.

L'herbe magique et le serpent. Illustration de Zabelle C. Boyajian, *Gilgamesh*, 1924.

Elle lui appartenait de droit. Il avait su la découvrir. Pourquoi ?...

Le jour passe sur lui. Il demeure figé, comme un dévot[10] en prière. Les choses aussi se taisent alentour. Frôlements, grincements d'élytres[11], feulements[12] lointains... La steppe collabore à son désespoir. Et la nuit vient le recouvrir pour dissimuler son chagrin.

Dans son sommeil éveillé, Outa-napishti lui rend visite. Hallucination ou réalité ? C'est bien lui, pourtant. C'est bien son visage paisible.

---

10. Dévot : attaché à une religion.
11. Élytres : ailes d'insectes.
12. Feulement : cris du tigre.

180 « Pourquoi m'as-tu trompé, lui reproche Gilgamesh. Je ne te demandais rien. Je m'en allais, vaincu. J'aurais fini par oublier. Pourquoi m'as-tu rappelé ? Pourquoi m'as-tu offert une chance ? Pour avoir le plaisir de me la confisquer ?

185 – Non ! Seulement pour que tu apprennes à chercher avec ton cœur. Tout ce que tu désires de mieux s'y trouve caché. Inutile de t'épuiser dans des quêtes au bout du monde. »

Gilgamesh passe le reste de la nuit à méditer ces paroles 190 et, lorsque le jour se lève, il découvre entre ses mains serrées la mue que le serpent a perdue.

« Vieille peau », marmonne-t-il.

Son visage est devenu lisse, presque transparent. Il a mué, lui aussi. L'Herbe de Jouvence et les projets qu'il 195 en tirait commençaient à peser comme un fardeau. Le serpent l'a soulagé de ce poids. Sous la fatigue, maintenant, perce une légèreté. Il se sent disponible.

« Mais à quoi ?

– Ne te pose pas la question. Elle se posera d'elle-même. 200 Et tu sauras y répondre, si tu cherches avec ton cœur. »

Outa-napishti l'a quitté avec le matin, mais sa voix demeure.

« Cette vie en plus, c'était reculer pour mieux sauter. La crainte de la mort ne t'aurait pas quitté. Ni ta révolte 205 ni ta violence. Ne te révolte plus jamais. Accepte ta vie, dès cet instant ! Tu ne l'as jamais dégustée en jouissant de ses mille saveurs. Tu l'as toujours dévorée, par peur de la perdre. Quitte cette peur. Deviens un gourmet[13] ! »

Mais, cette voix... Qui parle, en réalité ?

Gilgamesh se retourne et voit Our-Shanabi s'éloigner. Il l'a veillé toute la nuit. Il a accompli son travail de passeur. Il l'a accompagné d'une rive à l'autre de lui-même. Maintenant, il s'en va.

Gilgamesh songe à ses propres nuits de veille, au chevet d'Enkidou.

« Mon doux ami, murmure-t-il, c'est toi qui m'as mis en chemin. Toi, qui m'as fait devenir ce que je suis. »

Et Enkidou lui répond. À moins qu'il ne s'agisse d'Our-Shanabi, d'Outa-napishti, ou de l'Herbe de Jouvence, ou du Jardin-des-Arbres-à-Gemmes, ou de Shamash, peut-être bien. Toutes ces silhouettes se confondent. Toutes parlent de la même voix.

« Chaque instant, dit-elle, contient une étincelle. Cherche-la et toute ta vie deviendra lumière. Ensuite, partage cette vérité avec ton peuple pour qu'elle se répande. C'est cette éternité qui t'attend, Gilgamesh. Elle se trouve au bout de ton chemin. Mais... acceptes-tu de le suivre ? »

Gilgamesh regarde Ourouk devant lui. Il sourit. Il a fait la paix avec lui-même. Alors un mot, premier de sa nouvelle vie, s'élève de son cœur, parle dans l'air et prend la mesure du monde :

« Oui ! »

---

13. Gourmet : qui apprécie une nourriture raffinée

QUESTIONS SUR L'EXTRAIT 8

AI-JE BIEN LU ?

1 Remettez les actions dans l'ordre.

a. Un serpent noir s'empare de l'Herbe de Jouvence.

b. Gilgamesh parle une dernière fois avec Enkidou, et décide d'accepter sa vie.

c. Outa-napishti dit à Gilgamesh qu'il existe une Herbe de Jouvence.

d. Gilgamesh et Our-Shanabi sont sur le point de rentrer à Ourouk.

e. Gilgamesh rêve d'Outa-napishti, et se réveille, la mue du serpent entre ses mains.

f. En passant à proximité d'un étang, Gilgamesh décide de baigner.

g. Gilgamesh trouve l'Herbe de Jouvence.

J'ANALYSE LE TEXTE

Le merveilleux épique : l'Herbe de Jouvence

2 **a.** Pourquoi Outa-napishti parle-t-il à Gilgamesh de l'Herbe de Jouvence ?

b. Quel est l'aspect de cette Herbe ?

c. Quel est son pouvoir ? Où se trouve-t-elle (l. 6-14) ?

3 Comment Gilgamesh la repère-t-il ? Relevez le champ lexical du parfum et de la lumière (l. 49-65).

> Le **vocabulaire mélioratif** est utilisé pour donner une image valorisante d'un être ou d'une chose.

4 **a.** Relevez trois expressions mélioratives qui désignent l'Herbe (l. 76-83 et 160-165).

b. Montrez en citant le texte que l'Herbe est personnifiée (l. 80-87 et l. 150-151).

c. Cette Herbe n'apparaît-elle pas aussi comme inquiétante (l. 66-68) ?

5 Que veut faire Gilgamesh de cette Herbe, une fois revenu à Ourouk ?

Le drame

6 Qui s'empare de l'Herbe ? Dans quelles circonstances ?

7 Relevez la métaphore qui désigne le ravisseur (l. 156-157). Comment le suspense est-il assuré ?

8 Quelle est la réaction de Gilgamesh à la perte de l'Herbe ?

La leçon

9 **a.** Quelle leçon de vie Gilgamesh reçoit-il (l. 185-188 et l. 203-233) ? A-t-il vaincu sa peur de la mort ?

b. À quelle tâche se consacrera-t-il ?

10 Quelles sont les différentes voix qu'il croit entendre et qui lui donnent cette leçon ?

11 Pourquoi Our-shanabi a-t-il accompli « son travail de passeur » ? Montrez qu'il l'a fait au sens propre comme au sens figuré.

12 Où Gilgamesh arrive-t-il ? Son voyage prend-il fin là où il a commencé ?

La force de l'amitié

13 **a.** À quels moments Gilgamesh évoque-t-il le souvenir d'Enkidou ?

b. Quelle image garde-t-il de lui ? Que lui doit-il ?

Je formule mes impressions

14 **a.** Êtes-vous surpris que le serpent soit le ravisseur de l'Herbe ? Quelle symbolique est attachée à cet animal ?

b. Quelle explication ce texte donne-t-il de la mue du serpent ?

15 « Accepte ta vie, dès cet instant ! » (l. 205-206) : que pensez-vous de cette leçon de sagesse ?

J'ÉTUDIE LA LANGUE

Grammaire : la fonction sujet et la fonction COD

16 **a.** « Peu à peu, il oublie la mer, son voyage de retour, sa quête, Outa-napishti, l'immortalité. » (l. 45-46)
b. « Il attache les rochers à ses pieds, plonge et se laisse entraîner dans la nuit du gouffre marin. » (l. 61-62)
Dans quelle phrase : **1.** un sujet est-il commun à plusieurs verbes ?
2. le verbe a-t-il plusieurs COD ? Justifiez.

Vocabulaire : autour du mot « jouvence »

Le mot **jouvence** vient du latin *juventus* (*juvenis* : jeune homme).

17 Que signifient les mots et expressions :
a. un air juvénile.
b. faire une cure de jouvence.
c. un jouvenceau, une jouvencelle (ancien français).

18 Faites une recherche sur :
– la fontaine de Jouvence (mythologie).
– l'origine du nom Juventus donné au club de football italien.

J'ÉCRIS

Écrire une suite

19 Imaginez le retour de Gilgamesh à Ourouk.

CONSIGNES D'ÉCRITURE
– Racontez l'accueil qui lui est fait.
– Introduisez un dialogue : au cours de la soirée, Gilgamesh répond aux questions de ses proches ; il leur raconte ce qu'il a vécu et leur fait part de la leçon qu'il a reçue.

L'ATELIER JEU

1 Les personnages

Reliez les personnages à leurs caractéristiques.

Je suis le Buffle d'Ourouk   •   • Houmbaba

Je suis le Berger des gazelles   •   • Outa-napishti

J'ai des pattes de taureau et   •   • Gilgamesh
une gueule de lion

Je suis le seul homme immortel   •   • Enkidou

2 L'action

Retrouvez l'ordre des actions.

a. Gilgamesh et Enkidou terrassent Houmbaba.

b. Gilgamesh et Enkidou deviennent amis.

c. Gilgamesh se bat avec Enkidou.

d. Outa-napishti explique à Gilgamesh comment devenir immortel.

e. Enkidou tombe malade et meurt.

3 Qui a dit quoi ?

Retrouvez les auteurs des paroles suivantes.

a. « Tu ne vieilliras pas, Enkidou. Tu me rejoindras bientôt dans le Pays-des-Ombres. »	**1.** Enkidou
b. « Aigles, loups, hyènes [...], prenez le corps d'Enkidou. »	**2.** Outa-napishti
c. « Je ne peux rien te donner, Gilgamesh. Tout ce que tu désires, tu le possèdes déjà. »	**3.** Gilgamesh
d. « Donne-moi je t'en prie, le secret de la vie-sans-fin. »	**4.** Houmbaba

4 L'écriture épique

Complétez les phrases avec les termes de la liste, puis identifiez la comparaison, la personnification et la métaphore.

Liste : a. deux taureaux qui ont enchevêtré leurs cornes. **b.** une flèche vivante, gueule ouverte. **c.** en se tordant les bras.

Phrases. a. La Forêt prend peur. Elle sent son protecteur en danger. Elle hurle et pleure, ...

b. Gilgamesh et Enkidou sont engagés dans un nouveau corps à corps, comme ... .

c. ..., gueule ouverte, qui se plante au centre de la cible : l'Herbe ! Elle l'avale d'un trait. [...] C'est un serpent noir.

5 Jouer avec les mots de l'épopée

a. Remplissez le tableau à l'aide des définitions.

b. Dans la colonne grisée, vous découvrirez un mot désignant un être cher à Enkidou.

1. Roi d'Ourouk.

2. Gardien de la Forêt des Cèdres.

3. Appartient à la troupe des vents (vent glacial avec tempêtes de neige).

4. Domaine d'Enkidou.

5. Gilgamesh est allé voir Outa-napishti pour le devenir.

6. Support de l'écriture cunéiforme.

7. C'est dans cette ville de Mésopotamie qu'est née l'écriture.

Belle et Sébastien, film
de Nicolas Vannier, 2013

Le thème
de l'amitié

Belle
et Sébastien

UN FILM DE
NICOLAS VANIER

Introduction : des histoires d'amitié

L'épopée que vous venez de lire raconte l'histoire **d'une amitié à la vie à la mort**, celle qui lie les deux héros, Gilgamesh, le grand roi d'Ourouk, et Enkidou, l'amoureux de la steppe sauvage. Le thème de l'amitié, présent dans la première épopée du monde, traverse la littérature.

De la première rencontre à la mort de l'ami

Les textes du groupement ne sont pas présentés suivant l'ordre chronologique, mais retracent le parcours **d'une histoire d'amitié**.
- la première rencontre (texte 1, *Le Petit Prince* d'Antoine de Saint-Exupéry et *L'œil du loup* de Daniel Pennac).
- la naissance d'une amitié (texte 2, *Harry Potter à l'école des sorciers*, de J.K. Rowling).
- les qualités d'un véritable ami (texte 3 « Les deux Amis » de Jean de La Fontaine).
- la mort de l'ami (texte 4, la mort de Patrocle dans *l'Iliad*e d'Homère).

Présentation des auteurs

▶ **Homère**, poète grec, auteur des épopées l'*Iliade* et *l'Odyssée*, aurait vécu au VIIIe siècle av. J.-C.

▶ **Jean de La Fontaine** (1621-1695), auteur de 240 fables, est un fabuliste célèbre du XVIIe siècle (époque de Louis XIV).

▶ **Antoine de Saint-Exupéry** (1900-1944) est un pionnier de l'aviation ; il disparaît au cours d'une mission aérienne le 31 juillet 1944.

▶ **Daniel Pennac**, né en 1944, est un professeur de français devenu écrivain.

▶ **J.K. Rowling** (née en 1965) est une romancière britannique, célèbre auteure de la série *Harry Potter*.

L'amitié : la première rencontre

Le narrateur du Petit Prince, un aviateur, tombe en panne dans le désert du Sahara. Il tente de réparer son appareil lorsqu'apparaît devant lui un étrange petit garçon venu d'une autre planète, le Petit Prince.

Il lui raconte qu'avant d'arriver sur Terre, il a visité d'autres planètes et rencontré de curieux personnages : un roi sans sujets qui donne des ordres absurdes, un vaniteux qui se voit comme l'homme le plus beau alors qu'il est seul sur sa planète, un buveur qui boit pour oublier qu'il boit, un businessman qui se dit propriétaire de toutes les étoiles et qui passe son temps à les compter, un allumeur de réverbères qui effectue un travail absurde, un géographe qui ne connaît même pas sa planète...

Depuis son arrivée sur Terre, le Petit Prince est triste : il a rencontré un serpent qui ne parle que par énigmes, des roses qui lui semblent bien superficielles, l'écho qui le renvoie à sa solitude... C'est alors qu'un petit renard surgit devant lui...

C'est alors qu'apparut le renard :

– Bonjour, dit le renard.

– Bonjour, répondit poliment le petit prince, qui se retourna mais ne vit rien.

– Je suis là, dit la voix, sous le pommier...

– Qui es-tu ? dit le petit prince. Tu es bien poli...

– Je suis un renard, dit le renard.

– Viens jouer avec moi, lui proposa le petit prince. Je suis tellement triste...

10   – Je ne puis pas jouer avec toi, dit le renard. Je ne suis pas apprivoisé.

  – Ah ! pardon, fit le petit prince.

  Mais, après réflexion, il ajouta :

  – Qu'est-ce que signifie « apprivoiser » ?

15   – Tu n'es pas d'ici, dit le renard, que cherches-tu ?

  – Je cherche les hommes, dit le petit prince. Qu'est-ce que signifie « apprivoiser » ?

  – Les hommes, dit le renard, ils ont des fusils et ils chassent. C'est bien gênant ! Ils élèvent aussi des poules.

20 C'est leur seul intérêt. Tu cherches des poules ?

  – Non, dit le petit prince. Je cherche des amis. Qu'est-ce que signifie « apprivoiser » ?

  – C'est une chose trop oubliée, dit le renard. Ça signifie « créer des liens... ».

25   – Créer des liens ?

  – Bien sûr, dit le renard. Tu n'es encore pour moi qu'un petit garçon tout semblable à cent mille petits garçons. Et je n'ai pas besoin de toi. Et tu n'as pas besoin de moi non plus. Je ne suis pour toi qu'un renard semblable

30 à cent mille renards. Mais, si tu m'apprivoises, nous aurons besoin l'un de l'autre. Tu seras pour moi unique au monde. Je serai pour toi unique au monde...

  – Je commence à comprendre, dit le petit prince. Il y a une fleur... je crois qu'elle m'a apprivoisé...

35   – C'est possible, dit le renard. On voit sur la Terre toutes sortes de choses...

  [...] Mais le renard revint à son idée :

– Ma vie est monotone. Je chasse les poules, les hommes me chassent. Toutes les poules se ressemblent, et tous les hommes se ressemblent. Je m'ennuie donc un peu. Mais, si tu m'apprivoises, ma vie sera comme ensoleillée. Je connaîtrai un bruit de pas qui sera différent de tous les autres. Les autres pas me font rentrer sous terre. Le tien m'appellera hors du terrier, comme une musique. Et puis regarde ! Tu vois là-bas, les champs de blé ? Je ne mange pas de pain. Le blé pour moi est inutile. Les champs de blé ne me rappellent rien. Et ça, c'est triste ! Mais tu as des cheveux couleur d'or. Alors ce sera merveilleux quand tu m'auras apprivoisé ! Le blé, qui est doré, me fera souvenir de toi. Et j'aimerai le bruit du vent dans le blé...

Le renard se tut et regarda longtemps le petit prince :

– S'il te plaît... apprivoise-moi ! dit-il.

– Je veux bien, répondit le petit prince, mais je n'ai pas beaucoup de temps. J'ai des amis à découvrir et beaucoup de choses à connaître.

– On ne connaît que les choses que l'on apprivoise, dit le renard. Les hommes n'ont plus le temps de rien connaître. Ils achètent des choses toutes faites chez les marchands. Mais comme il n'existe point de marchands d'amis, les hommes n'ont plus d'amis. Si tu veux un ami, apprivoise-moi !

– Que faut-il faire ? dit le petit prince.

– Il faut être patient, répondit le renard. Tu t'assoiras d'abord un peu loin de moi, comme ça, dans l'herbe. Je te regarderai du coin de l'œil et tu ne diras rien. Le langage est source de malentendus. Mais, chaque jour, tu pourras t'asseoir un peu plus près...

Le lendemain revint le petit prince.

– Il eût mieux valu revenir à la même heure, dit le
70 renard. Si tu viens, par exemple, à quatre heures de
l'après-midi, dès trois heures je commencerai d'être
heureux. Plus l'heure avancera, plus je me sentirai
heureux. À quatre heures, déjà, je m'agiterai et m'inquié-
terai ; je découvrirai le prix du bonheur ! Mais si tu viens
75 n'importe quand, je ne saurai jamais à quelle heure m'ha-
biller le cœur... [...]

Ainsi le petit prince apprivoisa le renard. Et quand
l'heure du départ fut proche :

– Ah ! dit le renard... je pleurerai.
80 – C'est ta faute, dit le petit prince, je ne te souhaitais
point de mal, mais tu as voulu que je t'apprivoise...

– Bien sûr, dit le renard.

– Mais tu vas pleurer ! dit le petit prince.

– Bien sûr, dit le renard.
85 – Alors, tu n'y gagnes rien !

– J'y gagne, dit le renard, à cause de la couleur du blé.
Puis il ajouta :

– Va revoir les roses. Tu comprendras que la tienne est
unique au monde. Tu reviendras me dire adieu, et je te
90 ferai cadeau d'un secret.

Le petit prince s'en fut revoir les roses.

– Vous n'êtes pas du tout semblables à ma rose, vous
n'êtes rien encore, leur dit-il. Personne ne vous a apprivoi-
sées et vous n'avez apprivoisé personne. Vous êtes comme
95 était mon renard. Ce n'était qu'un renard semblable à cent

mille autres. Mais j'en ai fait mon ami, et il est maintenant unique au monde. [...] Et il revint vers le renard :

– Adieu, dit-il...

– Adieu, dit le renard. Voici mon secret. Il est très simple: on ne voit bien qu'avec le coeur. L'essentiel est invisible pour les yeux.

– L'essentiel est invisible pour les yeux, répéta le petit prince, afin de se souvenir.

– C'est le temps que tu as perdu pour ta rose qui fait ta rose si importante.

– C'est le temps que j'ai perdu pour ma rose... fit le petit prince, afin de se souvenir.

– Les hommes ont oublié cette vérité, dit le renard. Mais tu ne dois pas l'oublier. Tu deviens responsable pour toujours de ce que tu as apprivoisé. Tu es responsable de ta rose...

– Je suis responsable de ma rose... répéta le petit prince, afin de se souvenir.

Antoine de Saint-Exupéry (1900-1944), *Le Petit Prince*
© Editions Gallimard, 1946.

QUESTIONS SUR LE TEXTE 1

AI-JE BIEN LU ?

1 Que cherche le petit Prince sur la Terre ?

2 Quel personnage rencontre-t-il ?

3 **a.** «Je ne suis pas apprivoisé» (l. 10-11) : quelle définition le renard donne-t-il du terme *apprivoiser* ?

b. En quoi la vie du renard sera-t-elle changée si le petit prince l'apprivoise ?

c. De quelle qualité le petit prince devra-t-il faire preuve pour apprivoiser le renard ? Que devra-t-il faire ?

4 Pourquoi le renard demande-t-il au petit prince de venir toujours à la même heure ?

5 Comment comprenez-vous la phrase : «J'y gagne, dit le renard, à cause de la couleur du blé» (l. 86).

6 Quel secret le renard confie-t-il au petit prince ?

JE FORMULE MES IMPRESSIONS

7 «Ce n'était qu'un renard semblable à cent mille autres. Mais j'en ai fait mon ami, et il est maintenant unique au monde.» (l. 96-97)

«Tu deviens responsable pour toujours de ce que tu as apprivoisé». (l. 109-110)

Êtes-vous d'accord avec chacune de ces deux phrases ? Développez votre opinion.

POUR ALLER PLUS LOIN

Lire un texte écho

....

Dans un jardin zoologique, un enfant africain s'arrête pour regarder un vieux loup d'Alaska, assis derrière sa grille.

Il n'y a que ce garçon.

Et ce loup au pelage bleu.

« Tu veux me regarder ? D'accord ! Moi aussi, je vais te regarder ! On verra bien… »

Mais quelque chose gêne le loup. Un détail stupide. Il n'a qu'un œil et le garçon en a deux. Du coup, le loup ne sait pas dans quel œil du garçon planter son propre regard. Il hésite. Son œil unique saute : droite-gauche, gauche-droite. Les yeux du garçon, eux, ne bronchent pas. Pas un battement de cils. Le loup est affreusement mal à l'aise. Pour rien au monde, il ne détournerait la tête. Pas question de se remettre à marcher. Résultat, son œil s'affole de plus en plus. Et bientôt, à travers la cicatrice de son œil mort, apparaît une larme. Ce n'est pas du chagrin, c'est de l'impuissance, et de la colère. Alors le garçon fait une chose bizarre. Qui calme le loup, qui le met en confiance. Le garçon ferme un œil.

Et les voilà maintenant qui se regardent, œil dans l'œil, dans le jardin zoologique désert et silencieux, avec tout le temps devant eux.

Daniel Pennac, *L'Œil du loup*, Nathan, 2002

8 Dans quel lieu la scène se déroule-t-elle ?

9 a. De quel défaut le loup souffre-t-il ?

b. Pourquoi est-il gêné lorsqu'il regarde le petit garçon ?

c. Pourquoi verse-t-il une larme ?

10 Quelle idée le petit garçon a-t-il pour se mettre à la portée du loup ? Que pensez-vous de son geste ?

11 Pensez-vous que l'enfant et l'animal se sont apprivoisés ?

TEXTE 2

Comment peut naître une amitié

Hermione Granger, excellente élève de l'école de sorcellerie Poudlard, apparaît aux yeux des autres comme prétentieuse et méprisante. Harry Potter et Ron Weasley ne l'apprécient guère.

Un jour, un géant troll est lâché dans l'école. Les élèves sont sommés de se rendre dans leurs dortoirs et de ne pas en sortir. Harry et Ron n'obéissent pas : ils décident de partir à la recherche du monstre. Ils aperçoivent l'horrible créature au détour d'un couloir en train d'entrer dans les toilettes. La clé est sur la porte, ils n'ont plus qu'à l'enfermer... avant de réaliser qu'Hermione Grangier est à l'intérieur : elle s'y était enfermée pour pleurer. Elle lance un cri déchirant, et Ron et Harry volent à son secours...

Sur ces entrefaites arrive le professeur McGonagall qui s'apprête à punir les trois jeunes gens, coupables d'avoir déserté leurs dortoirs. Hermione sauve Ron et Harry par un mensonge ; c'est elle la fautive, elle était partie à la recherche du troll, croyant pouvoir le neutraliser elle-même. Quant à eux, ils sont venus la sauver...

Stupéfait, Ron lâcha sa baguette magique. Hermione Granger venait de mentir à un professeur !

– S'ils ne m'avaient pas retrouvée, je serais morte à l'heure qu'il est. Harry lui a enfoncé sa baguette magique
5 dans le nez et Ron a réussi à l'assommer avec sa propre massue. Ils n'ont pas eu le temps d'aller chercher quelqu'un d'autre. Le troll était sur le point de me tuer quand ils sont arrivés.

Harry et Ron essayèrent de faire comme si eux aussi découvraient cette histoire.

– Dans ce cas..., dit le professeur McGonagall en les fixant tous les trois. Mais laissez-moi vous dire, Miss Granger, que vous êtes bien sotte d'avoir cru que vous pourriez vaincre un troll des montagnes à vous toute seule.

Hermione baissa la tête. Harry resta silencieux. Voir Hermione faire semblant d'avoir enfreint le règlement pour leur sauver la mise, c'était comme si Rogue[1] s'était mis à leur distribuer des bonbons.

– Miss Granger, votre conduite coûtera cinq points à Gryffondor, dit le professeur McGonagall. Vous me décevez beaucoup. Si vous n'êtes pas blessée, vous feriez bien de retourner dans votre tour. Les élèves terminent le repas de Halloween dans leurs maisons respectives.

Hermione s'en alla aussitôt.

Le professeur McGonagall se tourna alors vers Harry et Ron.

– Je vous répète que vous avez eu beaucoup de chance, mais il est vrai qu'il n'y a pas beaucoup d'élèves de première année qui auraient été capables de combattre un troll adulte. Vous faites gagner cinq points chacun à Gryffondor. Le professeur Dumbledore sera informé de tout cela. Vous pouvez partir.

Ils se dépêchèrent de sortir de la pièce et montèrent les escaliers en silence. En dehors de tout le reste, c'était

---

1. Rogue : professeur de potions très strict.

un grand soulagement de pouvoir échapper à l'horrible odeur du troll.

– On aurait dû gagner plus de dix points, marmonna Ron.

40 – Cinq, tu veux dire. Une fois qu'on a enlevé ceux qu'a perdus Hermione.

– C'était bien de sa part de nous tirer d'affaire, admit Ron. Mais enfin, on lui a vraiment sauvé la vie.

– Elle n'en aurait peut-être pas eu besoin si on ne l'avait 45 pas enfermée avec la créature, lui rappela Harry.

Ils étaient arrivés devant le portrait de la grosse dame.

– Groin de Porc, dirent-ils et le tableau les laissa passer.

La salle commune était bondée et bruyante. Tout le monde mangeait, sauf Hermione qui les attendait à la 50 porte. Il y eut un moment de silence gêné, puis, sans se regarder, chacun dit « Merci » et se rua sur les assiettes pleines de victuailles.

À compter de ce moment, Hermione devint amie avec Ron et Harry. Il se crée des liens particuliers lorsqu'on 55 fait ensemble certaines choses. Abattre un troll de quatre mètres de haut, par exemple.

J.K. Rowling, *Harry Potter à l'école des sorciers*, traduit de l'anglais par Jean-François Ménard © Éditions Gallimard Jeunesse, p.138-139, *Harry Potter and the Philosopher's Stone* © J.K. Rowling, 1997.

AI-JE BIEN LU ?

1 Dans quel cadre l'action se déroule-t-elle ?

2 Quels rapports Hermione, Harry et Ron entretiennent-ils avant l'épisode du troll ? Étaient-ils à priori faits pour être amis ?

3 Comment leur amitié est-elle née ? Quelle aide mutuelle se sont-ils apportée ?

4 Qu'en conclut le narrateur sur la naissance de cette amitié (l. 53-56) ?

JE FORMULE MES IMPRESSIONS

5 Vous êtes-vous déjà trouvé ami avec une personne que vous n'appréciiez pas a priori ? Qu'est-ce qui vous a rapprochés ?

6 « Il se crée des liens particuliers lorsqu'on fait ensemble certaines choses. Abattre un troll de quatre mètres de haut, par exemple. » (l. 54-56)

a. Êtes-vous d'accord avec cette phrase ? Justifiez votre réponse.

b. Réécrivez la phrase en donnant un autre exemple que celui du troll.

J'ÉCRIS

Décrire un troll

7 Imaginez le troll, tel qu'il est apparu à Hermione.

CONSIGNES D'ÉCRITURE

– C'est Hermione qui fait la description : vous insérerez cette description après la ligne 8.

– La description visera à convaincre le professeur McGonagall du danger auquel Hermione a échappé.

TEXTE 3

Les qualités d'un véritable ami

Les Deux Amis

Deux vrais amis vivaient au Monomotapa[1] ;
L'un ne possédait rien qui n'appartînt à l'autre.
    Les amis de ce pays-là
    Valent bien, dit-on, ceux du nôtre.

5 Une nuit que chacun s'occupait au sommeil[2]
Et mettait à profit l'absence du soleil,
Un de nos deux amis sort du lit en alarme[3],
Il court chez son intime[4], éveille les valets ;
Morphée[5] avait touché le seuil de ce palais.
10 L'ami couché s'étonne ; il prend sa bourse, il s'arme,
Vient trouver l'autre, et dit : « Il vous arrive peu
De courir quand on dort[6], vous me paraissez homme
À mieux user du temps[7] destiné pour le somme[8] :
N'auriez-vous point perdu tout votre argent au jeu ?
15 En voici. S'il vous est venu quelque querelle,

---

1. Monomotapa : contrée de l'Afrique orientale, prise ici symboliquement comme un pays imaginaire situé au bout du monde.
2. S'occupait au sommeil : dormait.
3. En alarme : très inquiet.
4. Son intime : son ami.
5. Morphée : dieu du sommeil dans la mythologie grecque. L'expression signifie que tout le monde dormait.
6. Il vous arrive peu de courir quand on dort : il vous arrive rarement de courir quand c'est le moment de dormir.
7. Mieux user du temps : mieux utiliser le temps.
8. Le somme : le sommeil.

J'ai mon épée ; allons. Vous ennuyez-vous point
De coucher toujours seul ? une esclave assez belle
Était à mes côtés ; voulez-vous qu'on l'appelle ?
Non, dit l'ami, ce n'est ni l'un ni l'autre point :
20   Je vous rends grâce de ce zèle[9].
Vous m'êtes, en dormant[10], un peu triste apparu ;
J'ai craint qu'il ne fût vrai[11] ; je suis vite accouru.
    Ce maudit songe en est la cause. »

Qui d'eux aimait le mieux ? Que t'en semble, lecteur ?
25 Cette difficulté[12] vaut bien qu'on la propose.
Qu'un ami véritable est une douce chose !
Il cherche vos besoins au fond de votre cœur ;
    Il vous épargne la pudeur[13]
    De les lui découvrir vous-même :
    Un songe, un rien, tout lui fait peur
    Quand il s'agit de ce qu'il aime.

Jean de La Fontaine (1621-1695), *Fables*,
Livre VIII, fable XI, « Les Deux Amis »

---

9. **Je vous rends grâce de ce zèle** : je vous remercie de votre empressement.
10. **En dormant** : pendant que je dormais.
11. **J'ai craint qu'il ne fût vrai** : j'ai eu peur que ce ne soit vrai.
12. **Cette difficulté** : ce problème.
13. **Pudeur** : la gêne.

QUESTIONS SUR LE TEXTE 3

AI-JE BIEN LU ?

1 Délimitez les vers qui constituent le récit et ceux qui constituent le commentaire du narrateur.

2 Pourquoi le premier personnage sort-il du lit « en alarme » ? Quel rêve a-t-il fait ?

3 a. Pourquoi le second personnage s'inquiète-t-il de voir arriver son ami en pleine nuit ?
b. Quelles raisons imagine-t-il ? Que lui propose-t-il pour l'aider ?

4 Quelles sont les qualités d'un « ami véritable » ?

JE FORMULE MES IMPRESSIONS

5 « Que t'en semble, lecteur ? » (v. 24) : répondez à la question posée par le fabuliste.

6 Quelles sont vos réactions à la lecture de cette fable ? Pour quelle raison selon vous le fabuliste a-t-il situé cette amitié dans un pays presque imaginaire ?

7 Quel vers avez-vous envie de retenir ?

J'ÉTUDIE LA LANGUE

Vocabulaire : autour du mot « sommeil »

8 « sommeil » (v. 5) ; « somme » (v. 13).
Trouvez le mot de la famille de « sommeil » correspondant à chaque définition.
a. Il est tout endormi ; il est encore ... .
b. Il a du mal à dormir, il souffre d'... .
c. Il ne peut dormir sans prendre de ... .
d. Il peut se lever la nuit sans s'en rendre compte, il est ... .

TEXTE 4

La mort de l'ami

Le guerrier grec Achille, héros de l'Iliade, est un demi-dieu, fils du roi Pélée et de la déesse marine Thétis. Peu après sa naissance, sa mère l'avait plongé dans les eaux du Styx, le fleuve des Enfers, pour le rendre immortel. Mais elle le tenait par le talon, ce qui scellera son destin. L'Iliade raconte la dixième et dernière année de la guerre de Troie, qui opposa Grecs et Troyens. Achille et son ami Patrocle ont accompli exploit sur exploit, durant toute la guerre, mais, lors de la dixième année de siège, Achille se querelle avec Agamemnon et décide qu'il ne participera plus au combat. Il va même jusqu'à prier sa mère Thétis d'obtenir de Zeus la défaite des Grecs ! Et, de fait, les Troyens ne sont pas loin d'obtenir la victoire.

Patrocle, le meilleur ami d'Achille, s'est retiré aussi du combat, mais, voyant les Grecs en danger, il supplie son ami de reprendre le combat. Achille ne cèdera pas, mais autorise Patrocle à rejoindre les rangs des Grecs ; il lui prête ses armes et son armure, à condition qu'il ne s'aventure pas au-delà du camp.

Patrocle réussit à repousser les Troyens, mais il oublie sa promesse : il est tué par Hector, sous les remparts de Troie.

Achille n'a pas encore appris la mort de son ami, on se bat trop loin des navires, sous les remparts de Troie. Il est persuadé qu'il va bientôt revenir. Sa mère lui a souvent dévoilé les intentions de Zeus[1], mais elle ne lui a pas

---

1. Les intentions de Zeus : un oracle avait prédit à Thétis que son fils Achille mourrait sous les murs de Troie.

5 révélé la mort tragique de son meilleur compagnon. Il ne sait pas non plus que Ménélas et Ajax, avec les plus valeureux[2] des guerriers achéens[3], combattent au péril de leur vie pour récupérer le corps de Patrocle. Que les soldats sont épuisés par tant d'heures de lutte acharnée,
10 découragés de voir mourir tant d'hommes à leurs côtés.

Mais qui va avertir Achille de ce grand malheur ?

C'est Antiloque. Il part du champ de bataille bouleversé. Comment annoncer un tel drame ? Il trouve Achille près de ses navires. En le voyant, Achille, angoissé, comprend
15 soudain ce qui est arrivé.

– Achille, lui annonce-t-il, la gorge nouée par les larmes, Patrocle est mort tué par Hector, qui s'est emparé de tes armes ! Les dieux nous ont abandonnés ! Nos guerriers se battent sans relâche pour récupérer son corps.

20 Achille pousse un cri de douleur, on dirait celui d'une bête touchée à mort ! Son visage se crispe, il s'affaisse, tombe à genoux, se couche sur le sol en pleurant. Étendu dans la poussière, il griffe la terre de ses ongles, de désespoir. Son ami, son seul ami ! Comme il voudrait à cette
25 heure être auprès de lui ! Son frère ! Celui avec qui il a partagé tant de gloire et d'honneur. Pourquoi l'a-t-il laissé partir sur le champ de bataille avec ses armes ? Pourquoi Patrocle n'est-il pas revenu au campement une fois les ennemis éloignés des navires, comme convenu ? Pour-
30 quoi ? Hector paiera pour ce crime !

---

2. **Valeureux** : vaillants.
3. **Achéens** : grecs.

Les captives de Patrocle entendent les cris d'Achille, elles accourent.

Achille crie et gémit. Sa mère Thétis l'entend ! Du fond des abîmes, elle accourt, inquiète !

– Ne me cache rien, mon fils, pourquoi pleures-tu ? lui demande-t-elle. Ce que tu as souhaité, Zeus l'a accompli, les Achéens vont avoir besoin de toi !

– Oui, c'est vrai, mes vœux sont accomplis, répond Achille accablé de chagrin. Zeus a tenu sa promesse, mais comment me réjouir alors que Patrocle est mort ? Je l'estimais comme un autre moi-même ! Hector l'a dépouillé de mes armes, celles que les dieux avaient offertes à mon père Pélée. Et voici que le destin t'infligera à toi aussi, ma mère, un grand deuil, car je vais mourir ; je n'ai plus aucune raison de vivre et de rester sur terre, tant que je n'aurai pas transpercé Hector de ma lance ; il doit payer pour la mort de Patrocle.

Homère (VIIIe siècle avant J.-C), *Les héros de l'Iliade*,
texte adapté par Martine Laffon,
© Le livre de Poche Jeunesse, 2014.

QUESTIONS SUR LE TEXTE 4

AI-JE BIEN LU ?

1 **a.** Par quels gestes le désespoir d'Achille se manifeste-t-il lorsqu'il apprend la mort de son ami Patrocle ?
b. Quel champ lexical, quels types de phrases et quelle comparaison traduisent sa souffrance ?

2 **a.** Citez un mot et une expression qui soulignent l'attachement d'Achille à son ami (l. 25 et 40-41).
b. Quelles valeurs a-t-il partagées avec lui ?

3 Quel regret formule-t-il (l. 26-27) ?

4 **a.** « Oui, c'est vrai, mes vœux sont accomplis » (l. 38) : quels vœux Achille avait-il formulés auprès de Zeus (voir hors-texte) ?
b. À quel prix ont-ils été réalisés ?

5 Comment Achille a-t-il résolu de venger Patrocle ?

JE FORMULE MES IMPRESSIONS

6 Comment jugez-vous le désir de vengeance de Patrocle ?

J'ÉCRIS

Réécriture

7 « Son ami, son seul ami ! Comme il voudrait à cette heure être auprès de lui ! Son frère ! Celui avec qui il a partagé tant de gloire et d'honneur. Pourquoi l'a-t-il laissé partir sur le champ de bataille avec ses armes ? » (l. 24-27)
Réécrivez ce passage en imaginant qu'Achille s'exprime à la première personne.

> CONSIGNE D'ÉCRITURE
> – Commencez par « Mon ami ».

Gilgamesh entre deux demi-dieux supportant le disque solaire, stèle syro-hittite, IXᵉ siècle av. J.-C., provenant de Tell Halaf.

La civilisation mésopotamienne à travers les arts

La civilisation mésopotamienne à travers les arts

Les aventures de Gilgamesh se déroulent en Mésopotamie, berceau de l'art et de l'écriture. Elles s'intègrent dans une civilisation où **les arts** sont liés à **la religion** et au développement de la **vie urbaine**. De nos jours, l'épopée de Gilgamesh continue de vivre : par sa dimension épique, elle inspire les illustrateurs et auteurs de bande dessinée.

1. Les sculptures monumentales des palais assyriens

À partir de l'an 1000 avant J.-C, les Assyriens partent à la conquête de la Mésopotamie. Pour asseoir leur pouvoir, leurs rois édifiaient d'immenses constructions. Ainsi, le roi **Sargon II fit bâtir à Khorsabad** un palais monumental : on y pénétrait par un portail gardé par de grands taureaux ailés à tête d'hommes, en compagnie **de héros dompteurs de lions** sculptés en **haut-relief** (sculpture se détachant sur un fond). Les **génies dompteurs de lion** (souvent assimilés au héros Gilgamesh, capable de maîtriser un lion de son bras) symbolisaient la puissance divine et royale. Ils assuraient, par leur force tranquille, **la protection du palais.**

> ▶ VOUS TROUVEREZ LA REPRODUCTION DE GILGAMESH DOMPTEUR DE LIONS EN 2ᵉ DE COUVERTURE.

2. Stèles et bas-reliefs

Les stèles sont **des dalles** inscrites ou sculptées de bas-reliefs (sculptures légèrement en relief sur un fond support) : elles servaient à dissimuler les murs de briques.

Pour réaliser les stèles, les sculpteurs utilisaient **la pierre**, rare en Mésopotamie, et considérée comme un matériau de luxe que l'on réservait à la **décoration des palais.** Les stèles mésopotamiennes représentaient souvent des **génies** ou divinités protectrices sous une forme **mi-humaine mi-animale** dont les symboles sont la barbe et le casque à cornes. D'autres sculptures racontent **la vie des rois** (scènes de fêtes, de chasse, lions blessés...).

> ► VOUS TROUVEREZ LA REPRODUCTION DE LA STÈLE REPRÉSENTANT GILGAMESH ET DEUX DEMI-DIEUX SUPPORTANT LE DISQUE SOLAIRE P. 145.

3. Les œuvres en briques vernissées

Après les Assyriens, les Babyloniens se rendent maîtres de la Mésopotamie. C'est le roi Nabuchodonosor II (630-562 av. J.-C.) qui redonne à l'ancienne cité de Babylone (voir carte p.7) tout son éclat. Il a notamment commissionné les travaux de décoration de la fameuse porte d'Ishtar (déesse de l'amour et de la guerre). La ville était en effet protégée par un double rempart et s'ouvrait sur la campagne environnante par une double porte monumentale, haute de vingt mètres.

Réalisée en **briques émaillées à vernis bleu**, cette porte était ornée de sculptures en relief représentant des animaux symboliques protecteurs de la ville : **le dragon** cornu de Marduk (dieu de Babylone), **le lion** de la déesse Ishtar et **le taureau** d'Adad, dieu de l'Orage.

Des siècles plus tard, en 1887 après J.-C, l'archéologue allemand Robert Koldewey découvre, émerveillé, le bleu glacé des briques. La porte d'Ishtar est aujourd'hui reconstituée dans de nombreux musées comme celui du Louvre, de Pergame ou encore de Berlin.

> ► VOUS TROUVEREZ UNE REPRODUCTION DU TAUREAU EN BRIQUE VERNISSÉE EN P. 3 DE COUVERTURE.

4. Les tablettes et l'écriture cunéiforme

L'épopée de Gilgamesh a été écrite **sur une série de tablettes d'argile** en écriture cunéiforme. Initialement transcrite en sumérien, vers

2650 av. J.-C., la légende est traduite ensuite en akkadien (xviiie siècle av. J.-C.), puis connaîtra au cours des siècles bien des variantes et des remaniements.

L'écriture cunéiforme, première écriture qui **note des sons** et non plus des dessins, est née à Sumer, vers 3300 avant J.-C. Née des besoins de l'administration, elle est utilisée par les rois et les marchands qui s'en servent pour faire l'inventaire de leurs biens.

Les signes qui la composent sont en forme de coins et de clous (*cuneus* en latin) en raison de la forme des caractères créée par l'empreinte de la pointe du roseau sur l'argile.

▶ VOUS TROUVEREZ LA REPRODUCTION D'UNE TABLETTE RELATANT UN ÉPISODE DE L'ÉPOPÉE DE GILGAMESH P. 11.

5. Les sceaux-cylindres

Un sceau-cylindre est **un petit rouleau** en matériau dur (lapis-lazuli, albâtre...), gravé de motifs, que l'on **déroulait sur de l'argile fraiche** pour obtenir l'image d'une bande continue. On s'en servait pour fermer (sceller) des objets (jarres par exemple) et pour inscrire une signature (porte, document...). Les motifs gravés sont variés : représentation des dieux, de héros, scènes de la vie quotidienne... Certains personnages anthropomorphes (à forme humaine) sont vraisemblablement des dieux : ils portent une coiffe ornée de cornes de taureaux, symbolisant leur divinité.

▶ VOUS TROUVEREZ LA REPRODUCTION D'UN SCEAU-CYLINDRE P. 78.

6. Les statuettes

À côté de la sculpture monumentale s'est développé en Mésopotamie l'art de la statuette ou figurine. On a retrouvé à Tell Brak, centre urbain important de la Mésopotamie du nord, un temple dit « Le

Temple aux Yeux» et plus de deux cent figurines aux yeux hypertrophiés (surdimensionnés), incrustées de pierres de couleur ou d'ivoire. Ainsi, le taureau androcéphale (à corps de taureau et à tête d'homme) symbolise la fertilité.

▶ VOUS TROUVEREZ LA REPRODUCTION DU TAUREAU ANDROCÉPHALE P. 55.

7. Les illustrations modernes

C'est à partir du XVIIIe siècle et surtout au cours du XIXe siècle, avec le perfectionnement des techniques de gravure sur bois, que l'illustration accompagne de plus en plus souvent les textes. L'illustration donne un support concret à l'histoire, elle permet au lecteur **de visualiser une scène** et sans doute de mieux comprendre le texte. L'illustratrice **Zabelle C. Boyajian** a réalisé en 1924 une édition illustrée de l'épopée de Gilgamesh. Le dessin, précis et minutieux, bien que relativement récent, s'inspire des lignes propres à l'art mésopotamien du IIIe millénaire av. J.-C. : les personnages sont présentés de profil, les vêtements sont conformes.

▶ VOUS TROUVEREZ UNE REPRODUCTION DE L'ILLUSTRATION REPRÉSENTANT GILGAMESH ET L'HERBE DE VIE P. 117.

8. La bande dessinée

L'Antiquité mésopotamienne, égyptienne ou encore romaine, a inspiré à plusieurs reprises la bande dessinée. **Les auteurs** (voir p. 68) comme Gwen de Bonneval et Frantz Duchazeau ont publié trois albums entre 2004 et 2006 relatant les aventures de Gilgamesh. Ils privilégient l'action et la mise en scène des personnages plutôt que le réalisme historique. Le dessin de Duchazeau, caractérisé par les hachures, est dépouillé et nerveux.

▶ VOUS TROUVEREZ LA REPRODUCTION D'UNE VIGNETTE DE LA BD P. 68.

ÉTUDIER UNE SCULPTURE :
HÉROS DOMPTEUR DE LION, GARDIEN DE PORTE

Vous trouverez cette œuvre en 2ᵉ de couverture de cet ouvrage.

LA NATURE DE L'ŒUVRE

1 **a.** De quelle époque cette sculpture date-t-elle ? De quel lieu provient-elle ?
b. Où peut-on la voir ?
c. Quelle remarque faites-vous sur sa taille ?

> Un **bas-relief** est une sculpture légèrement en relief sur un fond.
> Un **haut-relief** est une sculpture se détachant sur un fond.

2 **a.** Cette sculpture se présente-t-elle comme un haut-relief ou un bas-relief ?
b. La partie supérieure de la tête est-elle sculptée sur un fond ?

LE PERSONNAGE DE GILGAMESH

3 **a.** Décrivez le personnage (position, coiffure, vêtement, accessoire...).
b. Que fait-il ?
c. Quelle partie du corps est de face ? Quelle partie est de profil ? Quel est l'effet produit ?
4 **a.** Décrivez le lion (corps, attitude, tête...).
b. Gilgamesh l'a-t-il maîtrisé ?

L'ART DU SCULPTEUR

5 Qualifiez le travail du sculpteur : observez comment sont travaillés les muscles (du personnage et du lion) ainsi que les différents détails.
6 Quelle image l'artiste donne-t-il de Gilgamesh, roi d'Ourouk ?
7 Que ressentez-vous face à cette sculpture ?

ÉTUDIER UNE ŒUVRE EN BRIQUE VERNISSÉE : PORTE D'ISHTAR

Vous trouverez cette œuvre en 3ᵉ de couverture de cet ouvrage.

LA NATURE DE L'ŒUVRE

1 Quelle est la nature de cette œuvre d'art ?

2 Quelle œuvre architecturale décorait-elle ? De quelle époque date-t-elle ?

3 Dans quels lieux peut-on voir une reconstitution de cette œuvre ?

LA REPRÉSENTATION DU TAUREAU

4 **a.** Quelle est la couleur du taureau ?
b. Quelle est celle du fond ? Précisez la nature de ce fond.

5 **a.** Décrivez le taureau. Combien a-t-il de cornes ?
b. Quelle image l'artiste en a-t-il donnée ?

6 Observez le mouvement des pattes. Le taureau est-il statique ou en mouvement ?

7 Que symbolise le taureau ? À quel dieu est-il ici consacré (voir Repères p. 9-10) ?

8 Aimez-vous cette œuvre ? Pourquoi ?

ÉTUDIER UNE ILLUSTRATION : *GILGAMESH TROUVE L'HERBE DE VIE*, ZABEL C. BOYAJIAN

Vous trouverez cette illustration en p. 117 de cet ouvrage.

LA COMPOSITION DE L'ŒUVRE

1 Quelle scène précise le dessinateur a-t-il représentée ?

2 Dans quel cadre a-t-elle lieu ? Décrivez le paysage.

LES PERSONNAGES

Dans la mythologie mésopotamienne, les ailes sont signe de puissance et de protection.

3 Repérez Gilgamesh. Que fait-il ?

4 a. Quel type de créature se trouve derrière lui ? Décrivez-la.
b. Est-ce une créature bénéfique ou maléfique ?

5 Qui peut être le personnage à gauche ?

LE TRAVAIL DE L'ARTISTE

6 Décrivez les frises qui décorent la partie inférieure et la partie supérieure de l'illustration.

7 Quelles remarques faites-vous sur la qualité du dessin de cette illustration ?

8 Qu'apporte l'illustration au texte ?

ÉTUDIER UNE VIGNETTE DE BD

Vous trouverez cette vignette en p. 68 de cet ouvrage.

L'IMAGE

> Une **vignette** ou case est une image généralement délimitée par un cadre, faisant partie d'une **planche de bande dessinée**.

1 Quelle est la forme de la vignette ?

2 **a.** Quelle est la scène représentée ? Décrivez le décor.
b. Pourquoi selon vous le dessinateur a-t-il choisi cette forme de vignette ?

3 Repérez Gilgamesh. Quelle est sa taille ? sa posture ?

LE TEXTE ET LE DESSIN

> Une **bulle** (ou phylactère) est un espace (rond, ovale…) qui contient les paroles ou les pensées d'un personnage, inscrites au style direct. Un **cartouche** est un encadré rectangulaire réservé au narrateur.

4 **a.** Le texte est-il placé dans une bulle ou dans un cartouche ? Pourquoi selon vous comporte-t-il des guillemets ?
b. Qui les pronoms « je » et « tu » désignent-ils ?

5 **a.** Cherchez ce qu'est un « lit d'apparat ».
b. Le texte permet-il de mieux comprendre la scène ?

6 Quelles remarques faites-vous sur le dessin ?

7 Avez-vous envie de lire cette BD ?

ÉTUDIER UNE STÈLE : GILGAMESH ENTRE DEUX DEMI-DIEUX SUPPORTANT LE DISQUE SOLAIRE

Vous trouverez cette œuvre en p. 145 de cet ouvrage.

LA NATURE DE L'ŒUVRE

1 a. Rappelez ce que sont une stèle et un bas-relief.
b. De quelle époque cette stèle date-t-elle ?
2 Que représente-t-elle ? Appuyez-vous sur la légende.

LA COMPOSITION ET LES PERSONNAGES

3 a. Montrez que la composition est symétrique : autour de quel personnage et de quel élément s'ordonne-t-elle ?
b. Repérez Gilgamesh et les deux demi-dieux. Quelle est l'apparence de ces derniers ?
4 Décrivez les visages des trois personnages (barbe, coiffure). Quel élément ressort particulièrement ?

LE DIEU SOLEIL

5 a. Comment le Soleil est-il représenté ?
b. Quel élément symbolise la protection ?
6 a. Dans quelle posture Gilgamesh se trouve-t-il ? Que fait-il ? Peut-il lui-même atteindre le soleil ?
b. Cette stèle est-elle à la gloire de Gilgamesh ? Pour répondre, appuyez-vous sur sa place dans l'image, et dites de quelles protections il bénéficie.

ÉTUDIER UNE TABLETTE, UN SCEAU-CYLINDRE ET UNE FIGURINE

Vous trouverez ces œuvres en p. 11, 55 et 78 de cet ouvrage.

XIᵉ TABLETTE DE L'ÉPOPÉE DE GILGAMESH (p. 11)

1 À quoi servaient les tablettes dans la Mésopotamie antique ?

2 **a.** Quelle est la forme des signes gravés ? Comment cette écriture s'appelle-t-elle ?

b. Avec quoi écrivait-on ?

3 Le texte vous paraît-il écrit en colonnes ? Justifiez votre réponse.

4 Dans quel lieu cette tablette est-elle conservée ?

SCEAU-CYLINDRE (p. 78)

5 Rappelez ce qu'est un sceau cylindre.

6 Observez les deux images. À quoi chacune d'elles correspond-elle ?

7 **a.** Repérez le Soleil. Quel élément vous permet de l'identifier ?

b. À quoi voit-on qu'il est plus important que les autres dieux ?

8 Décrivez la coiffe portée par les autres dieux.

FIGURINE (p. 55)

9 Indiquez la dimension de la statue et les matériaux utilisés.

10 Que signifie le mot « androcéphale » ?

11 Décrivez le visage. Que lui trouvez-vous de surprenant ?

12 Quels attributs de la divinité le taureau androcéphale porte-t-il sur sa coiffe ?

13 A-t-il l'air bienveillant ou maléfique ? Justifiez votre réponse.

INDEX

Les notions

L'énumération 18
L'épopée 18, 47, 59, 73
La personnification 46
La comparaison 46

La métaphore 46
Le voyage initiatique 87
les antonymes 104
Le vocabulaire mélioratif 120

Les exercices sur la langue

Le mot « Mésopotamie » 19
Les suffixes 19, 60, 89
L'indicatif présent 36
Les fonctions grammaticales 48
Les préfixes 60

Le mode impératif 74
Le mot « déluge » 105
La fonction sujet
et la fonction COD 122
Le mot « jouvence » 122
Le mot « sommeil » 140

Les exercices d'écriture

Décrire une ville 20
Changer de narrateur 36
Raconter une expérience
personnelle 48
Imaginer un dialogue 61

Écrire le récit
d'une expérience 75
Décrire un jardin 89
Raconter un orage 105
Imaginer une suite 122
Réécrire 144

Le saviez-vous ?

La naissance des villes 20
Le dieu Taureau 61

Les rêves dans
les civilisations antiques 75

Pour aller plus loin

Enquêter sur les cèdres
du Liban 48

Lire d'autres récits
de déluge 106

TABLE ICONOGRAPHIQUE

Iconographie : Hatier Illustrations
Graphisme : Mecano — Laurent Batard
Mise en pages : Alinéa
Édition : Tiffany Moua

Achevé d'imprimer par Black Print CPI Iberica S.L.U - Espagne
Dépôt légal 99147-9/02 - juin 2016